KB010365

문학과지성 시인선 317

꽃과 숨기장난

서상영 시집

문학과지성사

문학과지성 시인선 317
꽃과 숨기장난

초판 발행 / 2006년 4월 28일
3쇄 발행 / 2007년 1월 15일

지은이 / 서상영
펴낸이 / 채호기
펴낸곳 / ㈜문학과지성사
등록번호 / 제10-918호(1993. 12. 16)

서울 마포구 서교동 395-2(121-840)
편집 / 전화 338-7224~5 팩스 323-4180
영업 / 전화 338-7222~3 팩스 338-7221
홈페이지 / www.moonji.com

ISBN 89-320-1695-X

* 지은이는 한국문화예술위원회의 2006년도 '문예진흥기금'을 받았습니다.

문학과지성 시인선 317

꽃과 숨기장난

서상영

2006

시인의 말

세상에! 소금 사러 왔더니,
눈물만 조금 퍼주는구나.
이 시집을 어머님의 영전에 바칩니다.

2006년 봄
서상영

꽃과 숨기장난

차례

제2부 감자꽃

제3부 오래된 나무의 이야기

제1부 빨간 고양이

나의 병실

세숫대야에 떨어지는 붉은 코피를
물끄러미 바라보는 소녀처럼
봄은 왔다, 나의 병실로
너무도 화사하게 봄은 왔다

지난 겨울은 지독히 딱딱하여
어떤 아픔도 감히 깨물 수가 없었다
하얀 공간의 뼈가 검은 밤 내내
몰아친 적도 있었다

하지만 이제 겨울은, 맘을 삭이는
여자처럼 둥글게 쓰러졌다

그렇게 봄은, 나의 병실로
울고 있는
겨울의 뒷모습으로 왔다

병실을 청소해야지, 묵은 약과

두꺼운 일기를 걷어내어
나의 병이 편안해질 수 있도록
웃자란 슬픔의 가지도 잘라내고
작은 병에선 풀씨들을 풀어놓아
나의 병이 아름답게 꽃피울 수 있도록

너무도 화사하게 봄은 왔다

바람난

내 마음에서 바람이 난다
내가 알 수 없는, 내 깊은 곳에서
시작된 바람은
함부로 몸 밖으로 새 나가지 못한다
그런 날이면 유독 푸르게 드리워지는
마음의 하늘만 쓰다듬는다
그런 날이면 유독 가까이 다가앉는
마음의 바다만 뒤흔든다
바람이 거세진다
내 몸은 더욱 뜨거워지고
심장이 허파가 부어오른다
창자가 살가죽이 뒤틀린다
파도가 일어나 하늘을 가리고
비바람 몰아친다, 그렇게
시린 얼굴 하나 떠오른다
태풍의 눈처럼 고요한 고통
바람은 더욱 거세진다
터, 터지지도 못하는 몸이

부르르 떤다
더운 습기가
등이며 사타구니며 눈으로 촉촉이 배어난다

오늘
지구도 바람이 났다
누구도 알 수 없는, 지구의 깊은 곳에서
시작된 바람은
강을 뒤틀고 산을 무너뜨렸다
풀, 나무, 인간들을 들볶았다 지구의 내장들을
지구는?
누구를 이렇게 그리워하고 있는 것일까

오리
—소월韻

오리 오리 십오리
새끼 가져
십오리

망세천 여울목엔
발목이
가느다래 왜가리

십리 십리 이십리
물로 가면 물오리

青雪 아래
사람들
길을 물어 산오리

십리 십리 십오리
칠성님 前
십오리

저 집

쪼개질 수 없는 것
빛이라도 좋고 물이라도 좋은

홀로 길이 되고
홀로 나그네 되어
天地間 떠돌다

풀잎 잔등

스미지도 떨어지지도
못하고
억세게

뭉쳐서 떠 있는 저 집
가장 낮은 자연의 날숨

세로로 붙은 집은
벌레처럼 꿈틀거린다

어머니의 자궁으로 흘러가는
배란 직전의 아이처럼

아무도 살고 있지 않은 상태로 꽉 찬
저 집
물이라도 좋고 빛이라도 좋은

저 둥글고 단순한
느낌표의 사리!

꽃

불경에도 없는 양식을
먹었구나

웃음이 막 볶아
쏟아진다

절로 간다
못 간다

잘잘못 넘쳐흐른
개울가

박한 경지 가꿔
난장의 반열에 신이 나서는

숨쉬는 나비와
그럭저럭 대는가

! 목마른 경계의

빛깔이여

꽃과 숨기장난

숙아 복상꽃 살구꽃이 피었다 숨기장난하자 내가 눈을 감거든 너는 어여와 빨리 꼭꼭 숨어라 나뭇가리 밤나무 뒤라도 좋다 울타리나 장독대 뒤면 또 어떠랴 숨어라 숙아 머리카락 보인다

살구꽃 복상꽃이 피었다 숙아 너 찾으러 간다 울타리에 매달린 바람이 되어보고 헛간에 빈 항아리 열어봐도 없던 숙아 굴뚝새가 되어 굴뚝에라도 들어갔냐 못 찾겠다 이슬이 되어 하늘에라도 올라갔냐 못 찾겠다 찌—인 한없이 심심해져 바람벽 기대고 섰는데 꿈결인 듯 네가 흔들린다 꽃이 흔들린다 복상나무 가지에선 꽃과 꽃과 꽃이 꽃과 온통 흔들거려 복상꽃 송이송이 영원히 네가 흔들리는데—

그래 꽃만 피면 나는 미친다 숙아 너 찾으러 간다 도망간 색시 찾는 방앗간 아재처럼 눈엔 불이 나고 내 속은 뒤집혔다 생각이 안 난다 그날 네가 만들어준 세상이 스물일곱 살 내 어딘가에 있으리 세상 어딘가엔

있으리 꽃이 꽃은 피고 아직도 술래가 되어 나는 미친다 온종일 복상나무 아래만 맴돌고 바람 불어 꽃이 떨어져도 네 얼굴은 보이지 않는데 바보— 핏빛 같은 입술 삐쭉 내민 너의 목소리만 들린다 숙아

봄날은 간다

농협 담벼락에 포스터처럼 박혀
노파가 봄나물을 팔고 있다
유곽의 여자처럼 점점 짧아져가는
햇볕의 치맛자락
쿨럭이는 인파가 떨쳐내는 삶의 비린내는
눅눅한 바람에 젖어 바닥을 떠돌고
노란 병아리를 사 가는 저 아이는
앞당겨 가슴 아파해야 하리
攝生하는 귀엽고 착한 미물에도 금지된
슬픔은 묻어 있기 마련인 것
하지만 그것은 누구의 잘못도 아니라네
아이의 안을 따라가던 노파가 손을 들어
세월에 당한 얼굴을 석석 문지른다
왁자지껄한 난전의 막막함
불쑥 찾아든 손님처럼 잠시 머물다 사라져간
맵고 짜고 더러는 단것이었던 추억들은
쪼글쪼글하게 말라붙어 쉽게 펼쳐지지 않는다
끊어지려는 줄처럼 누군가의 고함 소리 울리고

인상을 찡그린 사람들 고개 돌린다
술 취한 저 사내는, 마음이 먼저 취했을 테지
봄날은 가고
사내는 또 어느 시절의
봄꽃을 꺼내 걸음을 지탱하고 있으리
마음의 안길 따라 걷고 또 걷다 보면
어느덧 봄날은 가고
고단함의 색깔마저 세월에 헹궈내기 아까울 것
그것은 누구의 잘못도 아니라네
노파의 눈 고개를 끌어
나무 궤짝 위에 푸르게 올려진
몇 줌의 봄나물 속에 잠긴다
햇볕의 치마를 모두 벗어버린 농협 담벼락
옷가게 유리창에서 튕겨나온 햇볕이
나무 궤짝 위 손거울만 한
모닥불을 피운다

빨간 고양이

불꽃처럼 흔들리네
요, 요, 빨간 고양이
재롱이 여간 아니네
도망치고 싶어서, 여름은
어지럽게 꼼지락대는 혓바닥
살인마저 신물난 네로의 눈동자
아장아장 게으른, 장난 고양이

굳이 추억을 얘기하려네
지난 계절에 만난 흰 고양이를
야옹 야옹 야옹 야옹
기침이 극에 달했던 봄밤
밖으로 뛰쳐나온 내 심장이
흰 고양이를 붉게 적시었네
야옹 야옹 야옹 야옹
채송화 씨보다
작은 그리움을 나비 편에 보낸다고
쓴 편지도 있었다네

무더운 봄을 건너온 나의 여름은
무언지도 모를 生의 시장기로
타들어가며 젖는, 네로의 눈동자
월경 중인 꽃, 피 흘리듯
산들산들 엉덩이를 흔드는
아! 저 빨간 고양이
쫓아가면 장미꽃 속으로 달아나 숨고
생선 가시처럼 앙상히 뻗은
길엔
빨간 고양이 입내만 확확 풍기네

야심가

神이 인간에게 허락한 유일한 神性은
언어였다. 언어를 통해 인간들은
神의 소리를 들을 수 있었고
神의 모습을 볼 수 있었다
그리하여 수많은 시인들이 말의 사원에서
무릎을 꿇고
언어를 숭배하는 것으로
神을 찬양했고 구원을 얻고자 했다
—내심 불타오르는 야심을 숨긴 채,
한 사내가 말의 사원으로 들어왔다
그도 언어를 향해 무릎을 꿇고
청춘과 성년을 모두 소모하여
시를 지었다
이윽고 사내가 두툼한 시집을 사람들 앞에 내밀었을 때
사람들은 그의 시를 인정하지 않았다
오직 저주의 말만 퍼부어댔다
확실히 그의 시는 언어를 숭배하지 않고 있었다.

다만
　언어와 같아지기를 원하고 있었으며
　언어를 잡아먹으려고까지 들었다
　사내는 세상의 모든 物로부터 공격당했고
　끝내는 언어에게 잡아먹히고 말았다

　이제 사내는 없다. 단지
　언어의 뿔을 잡고 휘두르던 처절함
　그를 거부하면서 흘린 언어들의 피가,
　희미한 흔적으로
　겨우 남아 있을 뿐이다

우울

바람과 함께 날아온 눈송이들이 유리창에 부딪혔다
하지만 눈도 유리창도 부서지지 않았다
그냥 부딪혔을 뿐
그런 상황에서 내가 무엇을 할 수 있겠는가
실내는 그런 대로 아늑했다
나는 오직 사로잡히지 않겠다는 악령에
사로잡혀 있었고, 편지가 오지 않았기에
답장을 쓸 수 없었다
창백한 마음의 백사장으로
저녁이 찾아들었다
흰 눈 위로 지워지는 길, 그 위를 어둠이 덮고 있었다
그런 상황에서 내가 무엇을 할 수 있겠는가
숨쉬는 것조차 죄의식이 느껴졌다
그렇다고 잠들 수도 없었다
그것마저 죄의식이 느껴졌기에, 흔한
무위나 권태마저도 쓸모가 없었다
절대로 쓸모가 없었다, 다만

머물러 있어야만 했다
어둠에서 날아든 흰 눈송이는, 나방처럼
끝없이 유리창에 부딪히고
석유를 마시며 낡은 램프가 붉게 타올랐다
그런 상황에서 내가 무엇을 할 수 있겠는가

달라이라마

사각형의 방에 내가 누웠을 때
달라이라마가 방문했다
맨 처음 그를 볼 수 없었고
새가 눈물을 흘린다는 어처구니없이
아름다운 이야기로 인도되어
보리수나무 아래를 지나서
소님을 섬기며 착하게 사는 牛라질 지방
사람에게 북쪽의 길을 물었다
그 옛날 제정일치의
티벳불교는 아편이다
중국공산당선언에 법복은 찢기워지고
사각형의 방에 유폐된 젊은 달라이라마
견고하던 사랑의 맹서는 모래알처럼 흩어져
물과 풀이 사라지고
머리 위 별들만 울창한 사막
아, 나는 왜 벙어리가 되었나요
왜 벙어리가 되었나요
고백이 유치한 장난만 아니라면

습관처럼 술을 찾지는 않겠어요
어두컴컴한 방 안에서
고통 없이 감기는 눈의 빗장을
즐거워하진 않겠어요, 서러운 밤길
늙은 낙타 한 마리로 더웁게 달려와
나를 방문한 달라이라마는
세월에 가슴이 식고
바람보다 더 많아진 침묵을 믿을 만한 나이
순진한 게으름뱅이여
네가 너의 죽음을 인정했구나
창백한 나의 骨에 손을 얹고
늙은 날을 위해 아껴 두었던
눈물로 제사를 지낸다

혜초와 沙江을 가다

1

자네는 어찌하여 누워 있는가 중 천축국의
쿠시나가라* 풀밭에서, 혜초 스님을 만났다
나는 나를 이야기할 수 없었다
그날도 나는 병사처럼 들판을 달리다가
밤의 넝쿨에 걸려 나뒹굴었다
오 질긴 밤아, 진흙에 박힌 바퀴처럼
일상은 헛구역질만 해댔다
꿈속에서도 별은 마구 떨어져내렸다
먹물처럼 스며드는 이 불안을
어디서부터 걷어내야 하는지요
꽃도 피지 않고 우거진 풀밭
저는 한 마리 뱀입니다 스, 스스, 스스스, 스
님은 아무 말도 없이 나를 바라봤다
침으로 설거지하지 않은 밥그릇을 헹궈
내 입에 넣어주었다
그가 지닌 양식의 전부였다

2

혜초 스님을 따라 걸었다, 한마디
말도 없이
녹야원 부다가야 룸비니**를 지났다
잎새바람에도 스님의 허리는 몹시 휘어졌다
그의 고독은 쾌락이 아니라서
간섭당하는 일조차 없었다 스, 스스, 스스스, 스
스님!
허무하다고 한마디만 해주십시오
바보야 바보야
예언은 술과도 같은 것 憧憬만이 우물이니라
하늘을 보고 누운 많은 道伴들은
끝내 일어나지 못했고
生死者는 애절함의 교각 끝에서 손을 흔들었다
서역 만 리……길은
그대로 죽음이었고 삶이었다, 그래도

서 천축국의 왁자한 난전
피리 불던 말짱한 사내가, 난데없이
자루에서 코브라를 꺼내 올릴 때
순진한 혜초 스님은 얼마나 깜짝 놀라던지

3

스님과 沙江에 닿았다
노을이 묻은 강물을 깊이 들이마셨다
끝없이 바람은 지나가고 저만치 뒤로
고향의 바람이 불어오고 있었다
帝釋天, 阿修羅
울고, 웃고, 우리는
언덕의 보리수 가지에 바랑을 걸고
아득한 꿈에 기대어 눈을 감았다
새벽,
머리맡에 고인 안개로 터번을 만들어 쓴 스님이

천천히 沙江 가로 걸어나가는 모습이 보였다
백사장에는 소금처럼 하얀 새 한 마리가
날개를 다친 채 파닥대고 있었다

* 쿠시나가라: 부처가 입멸(入滅)한 곳.

** 녹야원(鹿野苑): 석가모니가 도를 이룬 뒤 다섯 제자에게 맨 처음 설법한 곳. 부다가야: 석가모니가 보리수 아래에서 6년간 수행 끝에 마침내 크게 깨달은 곳. 룸비니: 석가모니가 탄생한 곳.

兜率歌

—어머니, 그리움을 여비로 내드리지 못하는 게 부끄럽습니다

도솔 도솔 도솔 도솔
어서 잘 가셔야 할 텐데
돌아보지 마셔야 할 텐데
꽃도 팥도 죄다 옛것
아까워하지 마셔야 할 텐데
별 수 없이
많은 나라
이별이라 생각지 말고
어서 잘 가셔야 할 텐데
가벼운 영혼이
어둠도 헤치지 못한 채
떨고 있는 밤
지새울 건너 부디 새여울어라
도솔 도솔 도솔 도솔
어서 잘 가셔야 할 텐데
비린내가
버드나무 지팡이 타고
별 수 없이 많은 나라

도솔 도솔 도솔 도솔

定洲

定洲 가 살아야지
情 주고 살아야지
진달래 핀 藥山 東臺 마을에
젊은 미망인과
꽃잠 자고
生도 死도 얘기 말아야지

定洲 가 살아야지
아주 가 살아야지
엄마 누나 보고파도
定洲 가 情 주면
그만이지

청배 팔러 잠시 왔던
소월
백석
자라난 고장

사투리는 사투리

까투리는 까투리

사타구니에 주섬주섬 챙겨 쟁이고

웃음이 매운

젊은 미망인과

定洲서 알록달록 살아야지

雪夜

눈발 날리는 청량리역
모자 쓴 인부들이 불을 쬔다

깡통의 불로 수그러들 리 없는
추위

주름진 얼굴들 사이로
불똥은
생의 片鱗처럼 튀어오르다 꺼지고

눈발처럼

어둠 속으로 떠나는 기차의
기적에 귀 기울이며 인부들은

길게 가지고 살아야 할
작은 불씨들을
말없이 가슴에 담는다

어디서 또 무슨 별이 되어 만나려나
— 전철 안에서

經典인 듯 밤 새워
밤님 모시던 사내
곤히 앉았다
得道한 그의 몸 광채가 돈다
기름이 반질반질
잡았던 긴장 놓으니 天地가 여관인데
빛나는 머리
左右로 까닥까닥
話頭 던진다
옆자리 아낙 不立文字 받아
잽싸게 三十六計
無我之境이니 萬法이 一歸*인데
측은히 바라보는 衆生들
코로
경전을 들려주니 그제야 미소 돈다
보살님 방 넓으시다

* 萬法歸一, 一歸何處: 모든 법은 하나로 돌아가니 그 하나는 어디로 돌아가는가. 滿空 큰스님이 지니고 다녔던 화두.

강아지

봉당에서 아침부텀 코 고는 강아지랑 겨울도 조타고
빨강 볼 내민 버들강아지랑 시도 때도 없이 헤실대는
강아지풀은 굼뱅이 동무해 사는 땅강아지도 따지자면
같은 돌림자이오만 하는 일은 각기 다르오리다

생각하면 우리네 낯짝들이야 늘상, 냉괄내를 쏘일
때처럼 퀭한 마음의 생채기를 부벼주는 세월의 색경

괜시리 눈물을 뜨끔거리기도 하겠지요만 호롱불을
끄고 누워 잠을 청하니 목숨이 먼저 누우런 실개천 돌
다리를 디딜지라도 백중날 호미 씻는 기분으로 다 맴
속의 쇳대를 풀어내면 멧등처럼 어우러진 물 흐름이야
어딜 거치리이까

난지도*

난 지도를 몰라
인동덤불 포롯한 돌담을 지나
내 엉덩이만 한 우물가
허기진 입술 적시며 푸새 숨소리 듣자고
가슴 죽이던 그 밤이 차라리 난 지도 몰라
나의 지도를 잃어버린 이곳 난지도에선
火가 난 山처럼 매일 열병만 생겨
안개처럼 뿌연 그러나 <u>스모그으</u>— 캑캑한 냄새
絶音 나는 하이힐을 끌고 헤매며
노을과 나와 산이 뒤섞여
하얀 이밥이 될 수 있을까 나는 꿈을 꾸고
난지도엔 매일 수많은 지도가 실려오고
가끔 도라지꽃 싸리꽃도 실려오지만
이내 그들도 지도를 잃고
침묵작용을 시작할 뿐 더불어 침식작용을 시작할 뿐
이야 우린 의심을 해야 해
밤하늘에 저것이 별인지 불빛인지
시인들은 난지도를 지도인 척 그리고 그리고

콘크리트 옥상에선 영웅들이 박쥐를 비둘기로
표준형 대량생산하고 있다지만
난지도의 구십구는 쓰레기
누가 너를 사랑한다면 조심하고 절대 감동하지 마
지금은 슬픔으로 떨고 있을 체위 그것이 백번째 사랑임을
네가 느끼지 못하고 있는 한

* 서울특별시민 김말자(40세)씨의 일기.

목련꽃

환절기 고뿔처럼 며칠 지독히 앓다
훅 지나쳐서, 꿈인지 생인지도 모르고
그리하여 꿈으로만 알고
아직도 삼백예순닷새 그리워하는 섬
열여섯, 내 영혼은 날아오를 수조차 없이 가벼워서
잠시라도 아프지 않으면, 견디지를 못하였다
혼자, 땅벌레처럼 숨쉬었다
늘 멀리 떠나기를 꿈꾸며
쓰러진 고목, 가지 길을 걸었는데
작은 나뭇잎 같은 우리 집을 나와서
몇 차례의 가지 길들이 겹쳐지고
차들이 다니는 큰길에서 대개 돌아서 오곤 했다
이주 큰길이 어딘지, 큰길로 계속 가면
어떤 뿌리를 만날 수 있는지, 길들은 산 뒤로 숨고
그 너머, 내가 갈 수 없는, 너무 가고 싶은 곳은
도시가 아니었다
그곳은 내 영혼의 순수, 결백, 내가 읽은 모든 이야
기, 지혜, 사랑이 숨쉬는 곳이었고

설원이든 바다이든 상관이 없었다
어느 날 나는 그 너머, 한 작은 섬에 간 적이 있다
밤이면 더욱 환하게 볼 수 있는 섬
섬의 입구는 긴 동굴로 되어 있었으나 결코 어둡지 않았다
어디선가 끝없이 흘러나오는 향기의 빛 때문이었다
아주 조용한 밤이었고
물살에 떠는 섬의 숨결이 느껴졌다

그리고 그 섬에 당도했을 때는
나는 이미 이방인이 아니었다
그곳에는 이미 내가 만났던 사람이 모두 와 있었다
놀부, 뺑덕어멈, 팥쥐, 그루센카, 카르멘
그들은 그저 헐렁한 옷을 입고 열심히 일했다
돈, 탐욕은 버린 지 오래전이라고
그것도 맑고 푸른 바다가 아닌
더 먼 곳에 버렸다고 했다
좀 모자라다 알맞다 넘친다는

그들의 법률이었고,

좀 모자라다는 그들의 규범이었다

쟁기는 소가 끌었는데, 키우던 소가 늙어 죽으면

주인은 삼일장을 지냈다 그래서인지

소와 주인의 눈망울은 유난히 닮아 있었다

교회는 어떤 신상도 배치해놓지 않았으며

교회에 들른 각자는

자기 나름대로 신의 모습을 자유롭게 마음속으로

그리며 기도했다

곡식은 들판 가운데 지어진 지붕이 넓고 벽이 없는

헛간에 쌓아 놓았다

누구든 가져가게 하기 위해서였다

배고픈 짐승들도 가져갔다

들짐승들도 '조금 모자라게'의 뜻을 알고 있었다

그들도 섬의 주인이었으므로

꿀벌들은 바다 너머 소식을 들려주었다

정원사들은 전지가위를 몰랐다

그들은 그저 나무를 심고 키우는 사람들이었다

한 정원사가 모종삽으로 어린 나무를 심고 있었다
큰 마당 복판에 심어져서 너무 외로워 보였다
오백 년 후 나무가 자란 모습을 상상하며 심는 것이라고 했다
마을의 오래된 집들은 튼튼하고 각자 개성을 갖고 있었다
건축 기술자들은 늘 한가했는데
천천히, 더욱 튼튼하고 아름다운 집을 지을 수 있는 재료들을 준비했다
저녁이면 사람들은 각자 명상에 잠기었고
더러는, 지상에 씌어진 슬픈 이야기들을 아름답게 고쳐 썼다
밤이 조금 깊으면 모두 잠을 잤다
섬조차 사람들과 함께 잤다
노동과 명상 이외엔 도대체 무어 귀한 것이 없었던 섬
새벽, 나는 늙은 내외가 내어준 사랑방을 나와 배에 올랐다

진주 같은 섬들이, 푸른 바다에 하얗게 떠 있었다
내가 그 섬을 어떻게 떠났는지는 알 수 없다
그래서 나는 보았다고 말할 수도 없다
다만 지금도, 섬사람들의 여전한 삶은 얘기할 수 있겠다
실제인지 환영인지 알 수 없으나
특히 맑은 봄이면
그 섬의 풍경들은, 열여섯 나의 여린 영혼과 함께
슬쩍 떠오르고는 한다
세상의 길들이 벌떡 일어서서, 뿌리가 되고, 나무가 되고, 가지가 되고
한밤중에 처연히 빛나는 저 순백의 목련꽃
목련꽃 섬

바다

어머니가 보고 싶어 바다에 갔다
어머니가 보고 싶어 바다에 돌을 던졌다
나는 꽤나 웃어댔다
바다약국에 들러 웃음에 아프지 않은
약을 사 먹고 잠이 들었다
파란 꿈을 꾸었다
어머니는 보이지 않았고
물 아래 던진 돌이 혼자서 놀고 있었다

제2부 감자꽃

길

같일랑 가자 해서
동무했더니

이제는 너만 남거라
먼저 간다고

갔겠거니 생각하고
이렁저렁 살재도

바람 센 날은
보고파

감자꽃
—영월 東江 가에서

어린애도 채간다는 부엉이 소리
멧새 모두 숨죽이는 밤
할아비는 평생 쌀 한 말 못 먹고 죽었다고
뗏목꾼인 아빈 곰 같은 어깰 들척이며
술주정으로 잠들었다

쿨쿨 코 고는 소리는 도적처럼 울리고
감자 싫어 내뺐다는 어매는
원래 동강 뗏목꾼들이 우러렀다던
들병장수*

방문 열고 사립문 밖 뛰쳐나오면
웬 놈에
감자꽃은 저리도 하얗나
굽어봐도 산 첩첩 산 넘으면 물 첩첩
아비는 잠에서도 드센 물결 소리 듣는가
꿈을 설치고 부엉이 소리 울고
아아 재잭거리는 풀벌레처럼

난 사는구나

해지는 남쪽 길을 오도커니 쳐다보면
눈엔 누구처럼 화냥기가 백혔구나
이년아
저 강물 건너면 못 돌아온다
칡뿌리가 늙어 구렝이 될 때까지
감자꽃처럼 살그라
아비는 내 맘을 후려치며 더운 숨을
몰아쉬었다

소낙비 내리면 기운이 더 난다며
떼돈 벌러 뗌박질쳐 간 아비
된꼬까리**서 돌아왔더라
평생 못 타본 가마 타고 사뿐사뿐 돌아왔더라
산맥 같은 어깬
소금토리가 물에 빠진 듯
싱겁게 풀어지고

감자꽃 진 자리 열매가 없다

갈라진 흙바람 벽에 부엉이 소리 스미고
강 안개 걷혀 해 들면 머릴 감았다
타향이 없으니 고향도 없고
감자꽃은 피고
지고
울음보다 외롬이 더 싫은 날엔
감자를 캔다
뭐라 내 보이기도 수줍은 한 生을 캔다
꽃 진 자리 쭈그렁 열매도 없던 아비가
땅 아래서 살뜰히도
영글었다
하늘을 뿌리 삼아 가지 벌려 열렸다

* 들병장수: 동강 가의 뗏꾼들을 상대로 술을 팔던 여자들. 뗏목 위까지 술상을 날라오고 춤을 추었다.

** 된꼬까리: 영월의 거운리에 있는 여울목 이름. 평창의 황새여
울과 더불어 수많은 뗏군을 데려갔다.

뱅기뱅기

언니의 입술은 밤마다 새파래
해 뜨면 픽시시 질 것만 같애
뺑대 한 그루 마루에 서서 흔들린다
니 언닌 너무 착해, 웃을 줄밖에 모른다
새파란 갈숲으로 아재가 사라지면
이여, 울 언니 이쁘지요 왜 안 이쁘겠어요
난 아재가 사람 아닌 것 같고
언제나 얼굴은 새하얘

언니 얼굴로 비행기 접어 날리오
가시나문 산초 열맨 붉고 동글해
그럼요 아줌마, 아재가 사립문 붙들고 통사정
했어요
백로 지나 한로 때 보자니깐
사립문은 픽 스러지고 강낭콩밭 콩콩 뛰어다니고
발길 돌려 종알거렸다
언니 눈은 짜르르해 허공을 따라가고요
이야, 살엔 물 흐르는 게 다 보인다

이야, 웃지 좀 마라 새색시 될 게 기뻐 그리도
자꾸 웃나

비 내리면 좋은 일만 있겠지요, 엄마
그래, 아재가 니 언니 어버,버주고 싶은 게다
그러면 언닌 구름을 탄 것 같이 좋겠다
아잰 토끼처럼 산속으로 뛰어간다
이야, 해 지면 아재 등에 꼭꼭 붙어 있거라
엄마 울지 좀 마세요 난 자꾸 웃음이
나올라고 펴, 폈다 언니 사라진 색깔 위로 흰
빛 보랏빛 도라지꽃
해도 저렇게 하느작거릴 필요야……

콩새의 전설

가시 돋친 두릅나무에 봄비가 촉촉히 나리우면 톡톡 이파리를 내미는 두릅 순처럼 사랑은 맨드는 게 아닌 거지요 올망졸망 햇살 맞는 산봉우리가 팽팽한 순이년 젖탱이 같아 아따 눈 딱 감고 청산에 묻혀 살자고 낮짝 같은 보름달이 뜨는 때면 늙은 대초나무 그림자에 놀라 우린 착한 즘승이 되고는 했지요

개고리 소리처럼 복짝대는 애새끼 낳고, 삐진 덧니나 바라보며 그렇게 살자고 그런데 어느 날은 진눈깨비 몰아쳐 푸릇한 두릅 순을 얼리구 가시마저 눈으로 덮더니 질퍽한 논뚝길마저 딱딱하게 얼리더니 우리 순이 삭정이처럼 말러가더니 아이구 이 일을 어쩌냐 민들레 씨로 하얗게 날으더니 아아 하늘도 밉상하데이 팽팽한 순이 젖가심마저 무너져내리는구마이

소쿠리 메고 이리저리 꼴이나 베다 만난 어린 놈 버들피리 만들어줄까요 봄나비 날으는 들판 휘적휘적 밭이나 갈다 소 볼기짝이나 냅다 두들겨줄까요 그늬 찾

으러 백 리 천 리를 못 갈까요 별빛에 듬성듬성 터진 하늘이 그 구멍을 다 깃도록 내사 대초나무 그루터기에 앉아 자꾸만 눈물만 떨구기지요

잊자고 다즘을 하면 생각이 나서 자꼬만 이저버리자고 슬픔은 아츰마다 이슬이 되어 날라가버렸지요 죽지 못해 잊지 못해 기웃기웃 세월만 흐르는데 짹짹이는 새 한 마리 아이 고거 참 작기도 하여라 콩새라 부른 이름이 슬퍼 콩새가 되었을 갑새 길 옆 덤부사리 국수나무 밑 그늬 집은 문패도 인적도 없이 조용하지요 가끔 성기성기 바람에 날려오는 우리들 얘기 그 쬐꼬만 날개로 걸러내어 긴 밤을 삭이우고 흐르는 물소리에 물이 되고 싶을 때도 있지만 이제 어즈막이 늙었을 내 문트막에 대고 복실복실 살자고 아이고 고거 참 이쁘기도 하여라

수덕사 여승

가루눈에 섞여 툴툴 구르는 수덕사행 버스 안
낡은 의자에 서툴게 박힌 전화번호는
지금도 부재중
그저 서넛의 가슴들이 토해낸 입김 사이로 흐르는
삽다리〔揷橋〕 벌엔 어매의 갈퀴손 같은
벼 그루터기만 남아

살아보자 했지 어매는, 가루눈처럼 풀풀
숨을 땅에 흘리면서도
생쌀 같은 여식을 앉혀놓고 쉽게 억울해하지 못했지
깊은 밤,
미로 같은 내 손금을 우두커니 바라보면
아비는 언제나 부재중, 정류장에
버스는 멈춰 서고 사람들은 내리고
오르는 이 없었지
수덕사행 버스의 빈자리
나의 빈자리엔 또래의 남자애들이 쉽게도 타고 내렸지……

스무 살이 되기 전 난 벌써,
안 된다는 소리를 자랑처럼 하고 다녔지

그랬지,
그렇게 나는 미련까지 버리는 법을 배웠지
어둠이 내리는 신작로 길을 툴툴 구르는 수덕사행
버스
문득 창밖을 바라보면
왜 그곳에 낯익은 타인 얼굴 하나 흔들리는지
배웠지, 떠난 이들이 남기고 간 온기와
남은 이가 피워낸 입김이 유리창에 엉겨붙어
性 · 名도 없는 조용한 흐름으로
피어나는 저 물꽃 물꽃의 바람들

공무도하가
—사랑가

우리가 사랑하지 않으면, 뭘 하겠는가
이 높낮이 없는 시간 앞에서
풀어내도 풀어내도 허허한 숨결 앞에서
우리가 사랑하지 않으면, 뭘 하겠는가
法德
경전 다 보고 난 심심함 앞에서

우리가 사랑하지 않으면, 뭘 어쩌겠는가
신의 장난으로 태어난 우리는
온갖 억측
幽明의 아침으로 구원을 바랐으나
떨쳐도 떨쳐도 달라붙는 허무 앞에서
인간이란 서러운 이름 앞에서

우리가 사랑하지 않으면, 뭘 하겠는가
너의 얼굴을 안타까이 바라보며 읊는다
생이 한바탕 노래라면 목을 놓고
생이 한바탕 춤이라면 몸을 놓고

생이 한바탕 꿈이라면 넋을 놓고
구만리 창공
구만리 斷崖
아, 蠻蠻*이 날듯

우리가 사랑하지 않으면, 뭘 하겠는가
너의 혀에 숨을 적시면
강령의 뿌리가 벌떡 일어서고
너의 가슴에 얼굴을 묻으면
내 피가 탄다, 그렇게 사랑은
피를 태워 목숨을 밝히우는 등불
우리가 사랑하지 않으면, 뭘 어쩌겠는가

* 만만(蠻蠻): 비익조(比翼鳥)라고도 한다. 청적색의 빛깔이며 나란히 붙어 있지 않으면 날지 못한다. 『산해경(山海經)』

공무도하가
—사냥

진달래 산수유 꽃물 든 산을
지방천방 들뛰며 혼령을 깨워
사향노루 목을 따서 피를 마시고
꿈틀꿈틀 휘돌아 뭉쳐진 산이
벗어도 벗어도 몸을 감아와
양지에서 맥쩍게 술을 마시고

노루를 베고 누운 산 너머 하늘
헤헤롱 아지랑이 홍건한 紫色 구름
진달래 산수유 꽃물 든 꿈에
노루는 자꾸 울며 숨을 달래고

노루는 자꾸 울며 숨을 달래고
끊어논 숨 잇지 못해 마음이 달아
서먹한 온 산을 허덕거릴 때
해설픈 뻐꾹…… 구슬픈 소쩍……
피 먹은 몸 안에는 차가운 불이 붙어
가려운 모가지엔 황갈색 털이 돋아

산 너머 하늘 향해 네 발로 껑충— 아,
罪여! 罪여! 罪여!

눈물 씻은 노루는 숲으로 달아나고

공무도하가
—새벽길 떠나기 전

춤도 사랑도
복사꽃잎 날리듯 쏟아지던 분홍빛 꿈도
밤의 막바지에 이르렀다
너는 어여쁜 사슴처럼 잠이 들었고
나는 마음 약한 사냥꾼처럼 눈을 감는다
새벽이다
이제는 이별이다
보람, 遺恨
복사꽃잎 날리듯 쏟아지던 순백의 밀어도
이제는 이별이다
새벽의 고요를 거울처럼 들여다보며
새벽 안개 진한 향기에 넋을 씻으며
흔적도 없이 흔적도 없이
노래도 술도
복사꽃잎 날리듯 쏟아지던 양심의 가책도
이제는 이별이다
사랑이 너무 격해
우리가 완전히 사랑할 수 없음을 알 때

그토록 서로가 간절해질 때
한 병의 술에 기대어 이제는 이별이다

生의 긴긴 밤을 지나 먼동이 튼다

공무도하가
— 백수광부 처, 물로 들어가기 직전

개같이 사셔요 꼬리쳐 앵겨붙고 엉덩이를 흔들어서 볼 고운 처녀 물오른 처자 홀리고 달래고 아흐레엔 아홉 밤 스무 날에 스무 밤 작신작신 녹여서, 쌀강아지 사오듯 줄줄이 새끼라고 달고 오셔요 虎皮에 폭 파묻힌 백일홍에 환장해서 너를 버린다고 전해오셔요
새파랗게 선 그믐달 독으로 품고 가슴팍엔 동정인 단도를 품어
오뉴월 서릿발 맨발로 밟아 가서, 당신 잡아먹은 년이 되게 하셔요

허기진 솔개처럼 뱅뱅 돌기만 하는 박혁*판에 사셔요 관솔불 그을음에 얼굴은 꺼멓게 삭고 불타는 눈가에 질질 개기름이 흘러내릴 때 바짝 마른 입술 시뻘겋게 뒤집어 제 이름을 잽히고 판돈일랑 빌리셔요
엽전처럼 떠다니며 이 품 저 품 살 때 묻히다 원한도 제풀에 꺾여버리면 뭇 돌아난 초막에 무심히 들어앉아
은붙이 내온 사내 씻나락 훔쳐온 사내 눈물로 콧물

로 씻어주며 살게 하셔요

죄다 싫으면, 술이나 더 드시다 가셔요 왕을 불러 꾸짖고 신선 되어 鵬을 타는 醉夢일랑 아예 깨지 마셔요 釀造工 납작코한테는 저를 시켜, 돈 한푼 내지 않고 술 사가겠다고, 어깨 으쓱대며 시위하셔요 술맛도 지쳐 혀가 붓고 목이 타고 애가 끊어져버려도 남은 술 한잔 더 드시다가,

별 좋은 가을 목화송이 터지듯 당신의 눈자위가 허옇게 돌아가면

되다 말다 하는 세상 아예 덮으면 그때, 그땐 가셔요

* 박혁(博奕): 동양 고대 시대의 노름. 중국의 『논어』『한비자』, 고려의 『삼국사기』에 나타난다. 박혁에 미치면 나라도 집안도 망한다고 했다.

공무도하가, 곽리자고 頌

— 물로 들어가는 백수광부 처를 향해

이젠 내가 노래를 부를 차례인가
유정한 세상을
하지만 노래에 어찌 차례가 있으리
나는 굳게 입을 다물고 있을 터이니

아아, 젊은 여자여
더욱 슬프게 노래해다오
너의 불행한 사랑을 애달픈 신세를
보름달 動動 뜨는 전설로 들려다오

무지한 발걸음을 멈춰라
네 애인 홀연히 찾아간 그곳을
숫내도 암내도 나자빠진 물살을
너는 아는가— 아아, 젊은 여자여
슬픔이 너의 숨결을 보드랍게 어루만진다
하얀 결백을 달콤하게 속삭인다, 너의 걸음에
슬픔이 화사한 꽃신을 신긴다

부디 그 자리에 주저앉아 노래를 불러다오
가슴이 터지면 두 손으로 부여안고
이별을 믿을 수 없어 땅을 치며 울어봤으나
그 또한 이별이었다고
단내 풀풀 나도록 청승을 떨어다오

입이 그나마 쓸 만한 건 늘 거짓말을 하고 있기 때문
어여 구슬픈 목소리로 슬픔을 왜곡시켜라
어여 가는 혀를 날름거려 슬픔의 뺨을 때려라
유정한 세상 무정한 님 때문에 못살겠다 흥얼대다
문득 배고픔이 찾아들면
너는 왜 사는가 묻지도 말고 살아야 한다
우리가 누구에게 물어서 태어났던가
왜 사는가 묻지도 말고 살아야 한다

아아, 젊은 여자여
하지만 너는 이내 강을 건너는구나
진실도 거짓도 상관없이

제멋대로라야 직성이 풀리는 여자처럼
보랏빛 눈물 보랏빛 꽃밭
보랏빛 안개 속으로 사라지는구나
왜 사랑은 결백이어야 하는가
왜 사랑은 결백이어야 하는가

정녕 내가 노래를 부를 차례인가, 또 한 여자가
사랑을 잃고 몸을 던졌다는
애절한 노래를 부를 차례인가

만년향의 사랑

시절이야 신라 때라도 좋고 고려 때면 또 어떨꼬 해야 아츰 나절이라도 좋고 한밤중이면 어떻겠네만 산골엔 예쁜 두 자매가 살았다 하데 있는 게 없는 것뿐이던 세월이라 착한 맘 씨앗 가꿔 양식 되리만치 먹구더러는 돌렸다고도 하던데, 호랑이를 잡을 체구이지만 늙은 어매 모시는 것밖에 모르는 옆집 총각을 똑같이 사랑했던 건 하늘도 몰랐다 하더이다 시절이 하 수상해져 총각은 싸움터로 떠나고, 돌아앉아 그믐달처럼 맘만 삭이던 언니 동상이 서로 맘을 털어놓으니 아요 얄궂어라 아요 얄궂어라

끓는 속을 꺼내 놓으면 대장장이는 좋을까마는 각기 천 근 자물쇠로 맘을 걸어 잠그고 서로가 자리를 내준다고 서러운 쌈판이 벌어졌는데 바람엔지 인편엔지 대뜸 총각이 하늘로 올라갔다는 소식이 왔다 하지, 그만 두 사람의 끓는 맘이 터져버려 우— 우— 서로 지가 사랑했다고 연못에 몸을 던졌다 하데

슬픔도 세월엔 잔물결과 같아서 사람들은 또 그럭저럭 살아가고 파아란 연못가엔 등나무 두 그루가 자라나 제발 하늘로 올라가재도 땅으로만 기는 참인데 오메, 말을 타고 웬 늠름한 장수가 연못가를 지나가는데 하늘에 올랐다던 총각이 시침 뚝 떼고 돌아온다

늙은 어매에게 인살 해도 말을 안 하고 옆집 아씨들 집도 허물어졌다 사람도 강아지도 보기만 하면 훼훼 고갤 저으며 피해만 간다 답답도 하여서 주막에 가 사람들을 붙잡고 물으니 아아 뒤집힌다 뒤집힌다 하늘과 땅이 뒤집힌다

빛나는 갑옷이며 살찐 말을 팔아 생긴 엽전일랑 늙은 어매에게 부치고 휑하니 총각도 연못으로 소풍을 갔다 하네 슬픔이란 안고 살아가는 짐이지 먹고 죽는 음식이 아니라서 사람들은 또 그럭저럭 살아가는데 연못가 등나무 곁에 작은 팽나무 하나가 살뜰히도 자라나니 두 등나무가 달겨들어 치렁치렁 껴안고 희멀건

배때기에 꽃송아릴 터뜨리니 그럭저럭 살아가던 사람들도 연못을 지날 때면 괜히 콧날이 팽 돌고 가끔은 하늘로 올라간 사람들도 잘 사는지 그게 궁금하기도 하더라

헌화가

저, 저 늙은이다
술을 밥처럼 처먹고 白首 풀어헤친 채
물속으로 건너간 한 사내의 피 냄새 난다

저, 저 늙은이
미치게 할 사랑이 있어 미쳐버렸다
한동안 잠잠하던 피가 터졌다

적삼을 닳게 하는 바람
綠陰芳草 헤매며 키워낸 소
꽃볕에 불탄다

벼, 벼랑이다
눈이 멀었으니 기어올라가는 천 길 벼랑이다
죽을 둥 살 둥
저 늙은이
천 길 벼랑길 밖에서 정분이 난다

철쭉꽃에 그을려
몸이 뎁혀진 여자야
이무기 꿈틀대는 한밤중이나
불장끼 설피 우는 대낮이나
누군들 졸립지 않겠느냐
여자야! 일탈만이 순결이다

머릴 내밀자
붉은 꽃은 백발은
덥석 젖어서
罪는 얼었다 녹았다 하고
罪는 얼었다 녹았다 하고

천 년을 기대려, 나온 사내야
피가 문제다!
나는 백 번 혼례 치른 숫처녀
줄거리를 알아서 늘 심심하였고나
이 길 지나치면 神仙이더니

네 아비와 애비와 같이
고삐를 놨구나

발톱 억센 독수리
손톱 길은 불여우

벼, 벼랑이다
배싹 마른 대지 初經으로 젖 메기고
디룩디룩 슬픈 철쭉꽃이야
죽을 때도 귀찮다는 사랑의 열음이다

시커먼 먹구름…… 햇덩어리 토해내듯

* 불선가(佛禪家)에서는 소를 그려서 득도의 과정을 설명한다(十牛圖). 그중 다섯번째인 목우(牧牛)는 특히 중요한데, 목우 하면 그 뒤는 저절로 이룰 수 있다고 한다. 소를 끌고 가던 노인은 목우자(牧牛者)가 아니었을까.

처용가

—내가 눈을 떴을 때,
나의 애인은 그녀의 애인과 외출 중이었다

가려무나, 아픈 곳 없거들랑
내리는 빗방울처럼 신이 나서 물먹은 복사꽃초럼 화사하게
내게서 떠나려무나

잔치 준비는 끝이 났으니 나의 슬픔은 한 나절
슬픔은 봄볕 맞으며 굶어 죽는 거지처럼 달콤하다
족보엔 알맞은 광기마저 흐른다
고통과 아픔의 부모인 쾌락의 입술도 기다린다

가려무나, 네가 내게 올 때처럼
삶이란 그저 그런 것들이란 말은 말고
뇌성 번개 몰려가는 소낙비 걸음으로
내게서 떠나려무나

품 안에 고이 키웠던 마지막 새도 널 위해
멀리 날려버렸다
파랑새 이마에 앉아 닐리리 불면

술에 취해 곱사춤을 엉금엉금 추겠느니
벼락 맞은 사랑가를 언죽번죽 부를 테니

이 땅으로 유배 온 날부터 나의 재주는 눈물뿐
질긴 목숨도 거친 욕심도 이 양식으로 살아왔도다

내게서 떠나려무나 부르면
내 속에 내가 숨고 그 속에 내가 숨어
흰 뼈처럼
흰 뼈처럼 사무쳐 널 부르면

작두에…… 네 두 다리를 자르고 싶어라……

가려무나 멀리
기러기 따라 멀리 천축국엘 가려무나
길들인 속살일랑 금방 잊혀지겠지
잔치야! 잔치야!
내 족속의 자랑 이별 잔치야

천 년 전 서글픈 건달의
그 질긴 노래야, 주정뱅이 노래야

비며느리 전설

1

아파하시라 산새 나래 젖어 차마 뵈올 날
달아날 틈서리 자락 잠에 메마른 타락이 가나니
슬픈 비며느리가 있었대요
말 마차 저녁 별 져가는 하늘 가차이 다가서서
내세를 바라는 날들을 갯가에 부처자갈들이 바라
본다
흐리네 사랑아 바쁠지라도
흐르는 나라마다
사모하는 얼굴 얼른 하나 더 주어버려요
미나리는 파랬어요 나이 어렸으니 차마 어찌하지도
못하고
눈물은 아롱다롱 너무 아프니까
차라리
내가 나가서 라마승을 불러서 경전을 시키겠다
천상천하의 노래여
만 리 내를 흘러가라 흘러 아름다운 나라가 물결에

지워지면
몸에서 알알이 빛나는 이슬이 버거워
풀들은 마음이 자라리라
참깨꽃 끝에 매달렸던 울음, 비밀리에 낭떠러지에
서서
힘센 설움이 무거워 뒤돌아섰다

2

비에 젖은 새, 왕후나비랑 해바라기하네

3

살짝 혀를 댔던 샘물로 나리꽃 찬바람 사라지는데
미혹의 마음은 날아날아 소리도 없이
호두나무 잎사귀에 앉아라

투정을 부리세요 라고라고
아마 호소하면 될 거예요 라고라고
매일 먹던 아픔, 미나리 뿌리같이 억셌던 푸른 나날들
기러기 깃털이 떨어져 내리는 가을밤
멀리서 비추는 보름 달빛 밟아
길 잃은 기별이 내게로 왔다
정일랑 무서워 포기마다 숨기고 무시로 기르기만 했다는데
마주 보면 마음은 벌써 기대어, 미나리 잎은
내겐 내 슬픔이 기다리니 비며느리님 어쩌란 말인가요

4

처마 밑에서 발로 목을 긁는 강아지처럼
아무 데서나 나를 보렴, 나를 보렴

5

아마 모두 잘된 줄 알았나 보다
여린 파로 빗자루를 만들어 바구니를 쓸면
헤프고 어설픈 종다리들은 하늘로 치솟고
푸르릉 푸르릉 가리산 싣고 가는
망세천 뱃사공은 어둠 사르며, 오호라
엇갈렸구나 그런들 무엇이 잘못이겠는가
마음이 가려운 듯 봄으로
고운 꽃잎이 바람에 구르고 새는 나무 졸가리를
빠리리 주워 집으로 날아갔으니
저 청한 사연, 京鄕을 아우르고 초롱불로 남겼으면
여리디 여린 허물이여

꽃범벅

꽃 베던 아해가 키 높은 목련꽃 예닐곱 장 갖다가 민들레꽃 제비꽃 하얀 냉이꽃 한 바구니 모아다가 물 촉촉 묻혀서 울긋불긋 비벼서 꽃범벅, 둑에서 앓고 있는 白牛한테 내미니 독한 꽃내 눈 따가워 고개를 젓고

그 맛좋은 칡순 때깔나는 안들미 물오른 참쑥 키 크다란 미나리를 덩경덩경 뜯어서 파란 꽃떡 만들어서 쏘옥쏘옥 내미니

소가 히이— 우서서 받아먹어서 한 시루 두 시루 잘도 받아먹어서

아하, 햇살은 혓바닥이 무뎌질만큼 따스웁더라

아해는 신기해서 눈물나게 슬퍼서 하도 하늘 보며 초록웃음 웃고파서 붉게 피는 소가 못내 안타까워서 속털도 빗겨주고 눈도 닦아주고 얼굴만 하염없이 쓰다듬고 싶어서 깔끌한 혓바닥이 간지러워서

꽃과 같이 하르르 소에게 먹혔더라

이 봄에 꽃들이 너무도 쓸쓸해지면
겯불 쬐러 나온 나비가 겁먹은 왈츠를 춘다

소는 제 안만 디려다보고 아릿아릿 아려서 시냇같이 줄줄 눈물만 흘려서 발굽 차고 꼬릴 들어 훌~훌~ 치달려서 철쭉송화 우거진 산에 숨어서는 다시 돌아오지 않는데 아하, 앞산에 봄이 오자 꽃부텀 진다

꿈틀거리는 집
— 찔레꽃

1

큰아기는
뱀이 좋아 땅꾼을 사랑했다
땅꾼은 큰아기에게
뱀 껍질로 꽃니불을 짜주겠다고 꼬였다

누가 뭐래도 넌, 논 댓 마지기 후첫감이다
그까짓 땅꾼이라니
그믐밤, 히쭉히쭉 아비의 목소릴 치다보던 어미는
화롯불에 서캐를 태우며
아이를 더 낳자고 서방을 끌었다

땅꾼의 방 젖어들면
대롱대롱 숨 끝에 매달리는
青蛇 黑蛇 紅蛇 白蛇 아아, 꿈틀대는
신음은 정녕
살아버리는 것을 못 믿어 내는

서글픈 密敎

땅꾼과 아비가 주먹질을 해댔다
두 사람이 노을에 버무려졌다
누군가 돌을 던지자 노을이 튀겼다

배마! 배마!
우리 낭군 땅굴 맡아 가마니로 캐낸 배마
여름내 잘 먹어 독이 배싹 오른 배마
날 스다듬으렴 날 스다듬으렴
큰아기 벗고 떠난 흰 허물 위엔 약간의
소금기가 남았다

2

맘에 붙어 꼬랑지처럼 하늘거리는 큰아기가
땅꾼은 간지러웠다 큰아기를 잘라냈을 때,

대가리밖에 남지 않은 땅꾼은
저도 몰래 죽었다

히히 어미가 서방을 끌던 날 밤
아흔아홉 마리 목마른 독사는 꿈틀거리는
오막살이를 붉게 먹었다

봄이 오자 돌각서리 검은 땅엔
흘레붙던 어미 아비가 치렁한 가시넝쿨로 살아나,
햇빛
시려 새파랗게 恨이 부으고
풀수펑에 눈먼 뱀 몸이 닳을 때
하얀 큰아긴 꽃으로 피어, 그냥 살아요
미움도 사랑도 썽난 소름
가라앉을 것을 가라앉을 것,을

민들레꽃

별이 떨어져 누운 그곳에 살고 싶다던 아이가 떠나가던 날 둥그런 하늘 밑에 살던 나는, 하늘만 끌어올 수 있다면 했던 거지요 새순 대신 고목나무 가지에 젖은 저 푸른 하늘을, 올라가 잡을 수만 있다면…… 앞발 지천인 민들레꽃이라도 왼종일 옮겨 심어 놀텐데 했던 거지요

어느 날 어둠이 내리고 휘영청 달 밝은 밤이었습지요 난 어지럽게 회전하는 지구에 심한 구역질을 느끼며 밖으로 튕겨나가 별밭을 걸었습니다 이 세계 최초의 버레가 의미 모를 열병을 앓고 모든 것은 구름처럼 둥그래졌지요 저 아래선 이슬을 머금은 찔레꽃 덤불이 소복처럼 흩날리는데, 난 왜 별밭 생각도 이저먹고 내가 찔레꽃처럼 하얗게 병들고 싶다는 생각을 했을까요

이젠 고목나무는 베어 없어지고 그곳엔 학명에도 없는 버섯들이 피어나고 있습니다 하늘은 멀리 달아났지만 내 키는 더 이상 자라지 않았습지요 가끔 눈멀도록

핀 노란 민들레꽃을 보면 가슴이 칵, 맥혀 눈물이 넘쳐오지만 저 푸른 멧등에서 내려온 새에게 하늘은 한 점 물고 오는지 물어보고 싶고요 놀고도 싶어지네요

노곤한 땅벌 소리랑 아늑한 바람 소리랑 까무룩한 햇살이랑……

비비새 고향

비비새가 노래하는 언덕 넘어 고향으로
가야겠다 아버지가 심은 수수밭에서
개미들은 게으르게
귀여운 알을 낳고
바람에 흔들리는 참깨꽃들은 흰나비같이
청산이 숨쉬는 곳을 향해 고개 숙인다
여울목 징검다리가 놓인 마을에서
들풀같이 핀 세상 보리라

비비새가 노래하는 언덕 넘어 고향으로
가야겠다 웃음은 이슬처럼 투명한 맨살을 드러내고
햇살에 그을린 달개비꽃
개망초꽃
어디 흔들리는 것이 바람뿐이었으랴
시간은 슬픈 추처럼 추억되지 않는 곳으로 불고
생은 무인도처럼 그저 쓸쓸도 했다
멀어지는
소중한 것들의 뒷모습이 흐려지는 것은

눈물…… 때문…… 이기도……

그러나 다시 저녁이 잦아들면
갯가의 허공에서는 거미줄이 출렁이고
도르르 굴러오는 둥근 달
잊었던 사랑의 섬을 끌고 나와 머리 위
바다에서 반짝이는 수많은 별들
내 가난한 이웃들은 비비새가 되어
못다 한 이야기를 들고 섬으로 날아오른다
비비새가 노래하는 언덕 넘어 나의 고향

떠나도 아침이면, 언제나 돌아와 있는
꿈의 샘터에서
소녀는 아무도 몰래 메마른 것들을 적신다

제3부 오래된 나무의 이야기

징검다리

징검다리에 앉았었다 요강에 똥 싸는 숙이 할매처럼 무르팍에 팔뚝 얹고 나는 끝도 없이 나를 디려다보고 있었다

주변은 맥없이 푸르고 장마 다녀간 뒤 냇물도 살이 쩌서 빼곡했는데 붉은 나리꽃 피듯 내 마음도 풀어져 흘러갔다

누가 그리워진 것도 아니었다 그저 그리워졌으면 하는 거였다

그러다가 몽실한 돌을 주워 내 얼굴을 따렸다 피라미가 품고 사는 부레처럼 조용히 숨을 쉬면 멀리서 노을을 홍건히 묻힌 바위산이 멋쩍게 웃었다

이야기할 수 없는 무언가가 가득 몰려왔다

망초꽃을 알기까지

우리 아부지 엄마 옆집 아저씨처럼
들판 어디를 보아도 흐드러지게 피인
애써 보려 하지 않아도 징글맞게 웃어주는
그때는 몰랐지요
그 꽃이 망초꽃이라는 걸
어느 슬픈 이가 꽃 이름을 지었는지 모르지만
"망초" 내가 말을 하면
기—인 한숨 소리가 나네요

붉은 진달래
목단꽃
키 작은 민들레만치도 재미없는 꽃
꽃송이는 작아 보일 듯 말 듯
누구 하나 눈여겨 보아주지 않네요
바람이라도 불면
하얗게 거품을 내며 파도치는 몸앓이

그때는 몰랐지요

꽃은 왜

넋 나간 처녀처럼 그렇게

흔들리기만 했는지 부서지며 몸부림치며

바람 부는 끝까지 따라가

자신의 씨앗을 묻고자 했는지

오래된 나무의 이야기

그 사내아이를 잊을 수 없다
아직 어렸건만, 혼자
울어야만 한다는 사실을 알고 있던 아이
하늘도 땅도 물도 허공도 죄다 얼어버릴 정도로
추운 겨울이었는데
아이의 가슴에서는 뜨거운 뭔가가
자꾸 타서 사라져갔다
커다란 병을 얻어 누운
나어린 여동생의 이름을 부르며
내게 기대어 하염없이 울던 아이
저녁 어둠은 잠처럼 쏟아져내리고
이별은 숨을 쉬는가 사랑과 함께
삶은 윤회하는가 죽음과 함께
어머니가 부르는 소리에도 숨어서
오래도록 눈물을 닦고
낮은 노래를 부르며 집으로 돌아가던 아이
내가 너처럼 연한 살을 가졌다면
내가 함께 울고 있다는 걸 알려줄 수 있다면

그해 겨울, 아이의 집에는
밤새도록 희미한 불빛이 피어 있었고
하얀 눈송이들은 지붕을 가득 메웠었다

東頭里*

여남은 집이 청국장처럼 퀘퀘이서
단내 풍기는 굴뚝 연기 하나씩
긴 겨울을 틀은 동두리

백옥같이 일렁이는 동두보 물가엔
기웃기웃 송사리 몇 마리
물러앉는 배추밭 고랑 사이로
성긴 눈발 내리는 소리를 들었다

아이들의 체온마저도 멍이 든
책 읽는 소녀가 앉은 동두 분교
태극기도 교기도 내려진
따거운 잔솔만이 날리는 교정에로
가끔씩 때까치들이 날아와
언제인가의 아이들처럼 갸익 갸—이익

사냥 온 낯선 사람들이 돌아가는 저녁 길에
마을 가로등을 켜는 아주머니는

초롬한 동두리 하늘이 되어
떠나는 사람들을 보낸다

* 강원도 홍천군 서석면 동두리.

어부

한적한 들길, 얼굴이
거미줄에 걸렸다
손으로
거미줄을 걷어내다
나는 소리를 들었다
아, 아 우린 망했구나
너무 큰 먹이가 걸려
그물이 다 뜯겨나갔다
늙은 거미는
새끼의 군침 삼키는 소리를 들으며
남은 실을
마저 풀었다

들판의 노래1

1. 부치미*

산 위로 하얗게 처매진 하늘이 몇 해 전 내 이던 물동이 같다 어릴 적 투정에 아부지 약속마냥 자꾸만 썩이는 날일기도 큰동밭 둘러엎고 만났던 비얌도 생각하면 다 친구다

가산을 삐져나온 밭머리에 외따로 핀 할미꽃 보며 웃다 흩어진 머리가 눈가에 날려 괜히 코만 풀었다 바삭이는 다람쥐 내리쬐는 햇살도 밉살시려 하던 일 잊고 호미날만 툭툭 치는데 春耕이는 융잣돈은 고스란히 남아 손님 같은 경운기를 굴리며 인사를 꾸벅 그래, 사는 게 어디 욕심이다냐 영그는 가을이나 기다려봐야지 씨앗 너덧 알씩 떨구며 줄지고 가는데 저편 논뚝배미 일어서는 영감 아침 안개 마주 거친 건넛산 개벚꽃같이 얼굴을 쑤—욱 내민다

2. 감자

햇살도 못 긁어가는 이슬 뚝뚝 떨어지는 샛길 발등 적셔 감자밭에 앉았다 여름 감자 여름에 캐낼 거고 가을 나락 가을에 거둘 게다 얼킨 섶 헤치며 호미를 긁는다 긁은 놈 짜르래기 있지만 하늘 물 먹여 키운 모다 내 새끼 줄 따라 가는데 배낭 멘 처녀총각 삐얼삐얼 지나간다 괜히 심술이 나 누가 더 쎈지 해볼래 하다간 한 줄 더 캐야지 감자를 캐야지 낸 자리 내일 모레 들깨나 심어야지

3. 노을

저 달 뜬 지 한참인데 우리는 볏단을 묶네 보뚜랑물, 뱜기던 소리도 말랐는데 뜨락 같은 개울물만 펑펑 펑 흐르는데 을씬한 갈바람 世波쯤은 아모것도 아니라고 뉘가 아모 거라냐 댓 단 앞서 걷는 영감쟁이 댓 단

뒷서 가는 내사 뉘가 아모 거라냐 볏춤만 채곡채곡 걷
고 있을 뿐

* 부치미: '파종'을 부르는 강원도 방언.

들판의 노래 3
— 농부 수첩

(02) 734-8718 서울 네째

3, 17 영농자금 대출 받엇음

수세 납기일 3, 20일까지

오타 위산(위장약) 빠삐자기방 통증 저리고 아픈데 부치는 약

와동 박갑석 회갑 음 2, 5 33-2435— 김원무(두촌 地官*)

심충구 청자 5갑 가져옴

가방 1000 라디오 용품 5000 전화세 7450 낫 3000 비누 300 펜잘 1000

숫돌 1500 지게꼬리 800

오는 길에 반장 집에 들러 옥수수 씨앗 가져왔음

* 지관(地官): 산소(묘) 자리를 보러 다니는 사람.

들판의 노래 4

비가 오는 날엔 산에라도 가자
두릅 순 따고 고사리 꺾어
돌아오는 장날
고등어라도 한 손 사자
질그렁 칡넝쿨 얽혀 선 우리들
이 모든 슬픔을 내어다 버린다고
버려는 지겠는가 친구여
한숨 한 번 훠—이 쉬고
신이라도 실한 걸로 신거라
아무 말은 하지 마라
기다림은 윤곽마저 희미한 비석이 되어가고
별들만 무성하게 목이 메인 들판에
우리는 서 있을 뿐
객쩍은 말 하나라도 아껴야 한다
달전에 빈집이 되어버린
큰터 집 돌담울엔
나팔꽃들만이 홀로 남아 비를 맞는데 친구여
비가 오는 날에는 분홍색 나팔꽃이 되어

우리 저 안개 자욱한 산에라도 오르자

무명씨 家, 터구렁이*

비가 오면 몸이 끈적끈적하다
녹슨 쇠못에 걸린 흙벽의 흑백 초상화는
습기에 배가 뚱뚱하다
바싹 마른 편이었던 그는, 환갑을 조금 넘겨 죽었다
혈기 사납던 시절엔
돌담으로 들어가는 내 꼬릴 뗀 적이 있다
애야, 우리 집을 지켜주는 터구렁이님이란다
그 어미는 이밥을 떠놓고 하얗게 질려 절을 했다
—집주인에게 들킨 것은 내 잘못이다

생의 시작과 끝을 이 집과 함께 했던
아비의 초상을 남겨놓고
아들은 줄행랑쳤다
냄새를 따라 부지런히 쫓아갔으나,
괴상한 龍자국과 고약한 석유 냄샐 남기고
그들은 흔적도 없이 승천했다
그러니 어드메쯤 살고 있다고 믿을 수는 있겠는가

초상화의 주인공이 튀어나오면
당장 농사를 시작할 만한 연장들에
쇠붙이를 빼간 고물장수를 끝으로
인적은 마르고
나는 지지리도 복도 없는 천덕꾸러기 터구렁이 되어
깨진 시루에 고개나 요리조리 들이밀고
횃대에 축 늘어져 옷처럼 걸려도 보고
모로 찌그러져 누운 양은 주전자에 들어가 잠을 자다가
바람에 젖혀진 문밖으로 生을 내다보면—
아무것도 보이지 않는데

구들장을 뚫고 자란 잡풀
기를 쓰고 버티는 흙벽,
삭고 삭은 대들보는
비가 오면 더욱 목이 마르다
추억의 막바지, 기둥은 후들거린다
—자연이 아닌 것들이 자연이 되어가는

모습은 얼마나 안타까운가

* 터구렁이: 집터를 지켜준다는 구렁이.

고향 길

누가 가져다 심은 새끼줄
처럼 생긴
산길을 걷고 걷다 보면
길 맨 끝엔 멍석뙈기 같은
우리 동네가 달려 있었다

너무도 천진해 돈을 벌 줄 모르는 사람들은
초가집에서 불을 지피며 살고
엿장수를 닮은 가재의 집은
개울

양식은 푸석한 흙 속에서 찾아지고
氣槪는 산을 오르며 내리며 배우니
책들은 불쏘시개로 사용되었다

산 너머에서 쇳소리가 들려올 때면
사람들은 싱긋 웃고는
낮엔 들로 나갔고 밤엔 잠을 잤다

아이들은 자꾸 태어났다

아이들은 개울가로 가 가재를 잡아먹고
물벌레를 잡아먹으며 가재들은
돌 틈에서 새끼를 낳았다

가재 새끼도 사람 새끼도 무럭무럭 자라고
가을 끝이 오면 어른의 어른들은
미련도 없이
흙에다 자신들의 몸을 묻었다

추운 따스함 속을 걸어봄1
— 꽃샘추위

어둠 속으로 동네가 기울면 하늘엔 면도날처럼 새파란 그믐달이 떴다 친구들과 헤어져 집으로 돌아오다 땀에 절은 얼굴을 부비면 따끔따끔 살갗이 시려왔다 어둠 속에서 길은 더욱 새까맣게 빛났다 누나 왜 밥상을 차리지 않는 거지 도둑같이 낯설게 방문을 닫으며 내가 물었다 아버지가 돌아오시거든 같이 먹자 누이는 불을 향해 앉아서 감기에 걸린 듯 연신 일부러 재채기를 해댔다 또 저녁은 굶겠구나 아버지의 술주정은 오늘도 거짓말을 안 하겠지 아직 돌아오지 않는 아버지의 발자국 소리를 비틀비틀 들으며 손톱으로 바람벽을 긁으면 고소한 흙 냄새가 묻어났다 너도 그렇게 놀지만 말고 숙이처럼 논두렁에 가 달롱을 캐지 그래도 난 남잔데…… 누나 지금이 봄이야 봄이 아니야 봄이 온거나 마찬가지지 개울가로 나가면 뼈가 시린 물을 먹으며 풀들이 파릇파릇했다 그 바지는 두 번이나 꿰맸는데 또 꿰매 그래도 꿰맨 흔적도 없이 새거잖니 누나가 희미하게 웃었다 등잔 불빛에 그림자가 흔들리며 구겨져버렸다 근데 있잖아 난 차라리 집에 있을래 아버지의 술주정보담 이웃집 아줌마의 그 묘한 눈빛과 불에 비칠 때 낀 발등이 창피하니까 아야! 누이의 비명 소리에 방 전체가 떠올랐으나 이내 가라앉아버렸다 손가락 끝에 맺힌 대추 빛깔의 피를 누이는 재빨리 입술로 빨았다 아니야 아버지는 술에 취해 오시지는 않을 거란다 수제비보다도 푸석푸석한 누이의 말을 들으며 나는 미리부터 울고 싶어져서 가랑이에 얼굴을 묻었다 왜 아버지의 술주정은 겪어도 겪어도 낯설기만 한 걸까 까무룩한 잠에 빠져들다 쥐 소리에 놀라 눈을 떠도 누이는 수도승같이 앉아서 나의 꿈길을 쓸어주고 있었다

긴— 하루

짙은 안개가 걷히면 마을이 서서히 드러났다
안개 본부인 아랫녘 저수지로는 물새 몇 마리가 비상하고
진초록으로 곤두박질치는 산은 잔바람에도
몸살을 앓았다
어른들은 논과 밭에 쑥처럼 깔려 있었다
모두들 정신없이 시간을 토해내고 있는 사이
우리들은 개천에 엎드려
패랭이꽃을 보고 시간을 맞추거나
피대에 뼈를 다친 방앗간집 아저씨가
다시 기계 손질을 하는 주위를 서성거렸다
그러다가 배가 고프면 논밭에 쑥처럼 흩어진 식구들을 찾아갔다
어른들은 밥을 먹으면서도 동구 밖에 핀 이팝나무꽃으로
한 해 농사를 점치고 이내 낮잠을 즐겼다
유난히 커진 땅벌 소리를 들으며
우리들은 할 수 없이 다시 모였고

개울에 얼굴을 씻거나 푸른 하늘을 하릴없이 쳐다 봤다
가끔은 모닥불을 피워 불발탄을 얹어놓고
달아나기도 했다
장에 나갔던 누군가가 돌아오고
영영 오지 않을 것같이 후——ㄹ쩍
해가 산을 넘어가면
우리는 왠지 다시 서먹해지고
우린 이렇게 놀아도 될까 어차피 내일 또 놀건데

추운 따스함 속을 걸어봄 2
—시간 밖에서

달그락대는 도시락을 가지고 부엌으로 가면 누이는 아궁이에다 불을 지피고 있었다 나는 그 옆에 쪼그리고 앉아 커다란 누이의 가슴을 힐끗힐끗 쳐다봤다 나 오늘 조회 시간에 매 맞았어 또 왼손을 오른쪽에 얹고 국기에 대한 맹세를 했는걸 이리저리 부지깽이로 불을 들추며 누이가 픽 웃었다 네가 뱀에 물린 손가락이 오른손이란다 아궁이에선 노란 불꽃들이 개울의 물고기처럼 바글바글댔다 그치만 누나 편으로 보면 이쪽이 왼쪽이잖아 무서운 선생님 얼굴이 생각나서 고개를 돌리다 봉당 아래의 초롱한 쥐의 눈빛과 마주치자 쥐가 사라진 자리에 검은 구멍이 낯설었다 누난 좋겠다 학교를 다 다녀서 나는 괜시리 다 커버린 누이가 부러워 부뚜막으로 모락모락 오르는 연기를 보며 중얼거렸다 그런 소리 마 누나처럼 국민학교만 나오면 어디 가 써주지도 않아 누이의 거친 머리카락 위로 나뭇잎 하나가 붙어 숨을 죽이고 있었다 그래도 학교는 너무 시시하고 난 공부도 그만 했으면 너어, 빨리 들어가 책 안 봐! 누이가 악을 썼다 바람이 굴뚝으로 들이쳐 아궁

이로 연기가 새어 나왔다 쾡한 냉괄내에 나는 자리에
서 벌떡 일어나 뒤란으로 얼굴을 돌렸다 며칠 전 손톱
같던 도라지 싹이 한 뼘은 더 자랐다 왜 봄은 아주 더
디게 와서 저리도 빨리 자라는 걸까 뿌연 연기에 싸인
누이가 눈물을 훔치며 연신 빗자루로 아궁이를 부치자
이내 불이 다시 타올랐다 이어 누이를 감고 있던 연기
도 사라졌지만 누이의 훌쩍임 소리는 그 후로도 오랫
동안 내 어깨에 매달려 울고 있었다

여름밤

수다 떨던 누이 패들이 멱 감으러 개울로 가면
소쩍새 소리가 와 멍석에 앉았다

한쪽 눈 감고 누워 별을 쳐다봐도
낮에 따먹은 뱀딸기는 보기보담 맛이 없다

어른들은 라디오 소리처럼
지난겨울 산불 낸 사람은 징역이 삼 년이란다

갯가 길로 은은한 쇠風磬 소리는
방앗간 아저씨의 마차가 틀림없다

땡볕

우아— 벌이다
숙이는 뛰지도 않고 으앙으앙
벗겨진 고무신을 주워들며
얼굴이 벌개졌다
찔레꽃 넝쿨 걸린 하얀 옷, 앞산 깊은 곳에
새집 애기 돌무덤
멱 감고 따스한 바위에 누워 몸을 말리면
늙은 닭 가래 끓는 소리 같아
흘러가는 개울물
바람은 또 구름을 어디로 데려가나
숙이는 내 몸을 만지며
암 소리도 안 한다

장마

소는 궝* 밖으로 고개를 내밀어
헛간에 햇감자를 쳐다보며 하품하고
아배는 논물 보러 논엘 나갔다

앞산도 뒷산도 비안개 자욱한데
약초 캐러 산에 갔다 온 누나 몸에선
모락모락 살냄새 난다

어매는 군불을 때 소댕에다 장떡을 부치고
나는 며칠째 가지 못한 학교 동무들 생각도 났지만
문지방에 기대어 지름 냄새를 맡았다

구구우— 우는 비둘기도 감기가 들락 말락
꽤액 꽤액 개구리 심술도 터질락 말락

* 궝: '구유'의 강원도 방언. 마소의 먹이를 담아 주는 나무통.

초저녁

두메 산골 날은 저물고
한 집 한 집 촉수 낮은 별이 터진다
납죽이 엎드린 길은 집에 다 와서
끝이 나고 되창문으로 들리는 여인의
밭은 기침 소리
맨드라미처럼 붉은 빨래 위로 사락사락
눈이 내린다
빨래는 꽝꽝 얼어 서걱서걱 댄다
중공군 모자 쓴 사내는
올가미에 걸린 재토끼 질질 끌고
휘이 휘이
눈밭을 걸어서 간다

추운 따스함 속을 걸어봄3
— 뭉게구름

스산한 바람을 미리 알고 저만치 달아난 하늘을 바라보며 우리는 고구마 밭으로 향했다 누이 손에선 아버지의 매에 견디다 못해 도망간 작은형이 사온 뭉툭한 라디오가 이쁜 웃음소리를 냈고 나는 광주리를 뒤집어쓰고 휘휘 목을 돌렸다 참 잘도 영글었네 밭고랑을 따라 가며 단풍처럼 웃는 누이가 샘물 같은 목소리를 흘렸다 누이의 뒤를 따라 고구마를 주워 담는 나는 라디오 하나 덜렁 들고 힘없이 집을 찾던 초여름 밤에 묻힌 작은형의 얼굴을 떠올렸다 누나 라디오 속엔 누가 살까 넌 또 그 말을…… 라디오는 전파로 켜지는 거야 유행가를 흥얼거리던 누이가 못마땅한 듯 나를 돌아보곤 이내 라디오로 귀기울였지만, 라디오 속에 사람이 살지 모른다는 생각은 자꾸만 나를 꼬집었다 왠지 엇그제 형은 또 도망을 갔다 작은성은 언제 올까 밭둑의 바랭이 씨들은 노을 속에서 할머니처럼 졸고 있었다 오빠는 이제 오지 않을 거야 우리 사는 사랑도 때로는 잘라내야 한다는 것을 배우려는 듯 엉긴 넝쿨을 들추어내며 누이가 힘없이 말했다 왜? 흙 묻은 누

이의 엉덩이를 불안스레 바라보며 내가 물었다 몰라
하지만 나한테 얘기했어 그럼 누나도 집이 싫어 몰라!
달그락대던 누이의 호미질 소리가 갑자기 아득해졌다
발 아래로 호미 끝에 찍힌 고구마 하나가 눈물처럼 하
얀 진을 흘리며 툭 굴러떨어졌다

굴뚝새

겨울밤이면
남의 집 부뚜막 얻어 자던 거지 아이
잠결에 밀려 아궁이로 들어가는
뒷모습 떠올랐다

바다처럼 깊은 밤 건너
새벽 장닭 소리 타고 나온 갓난이가
군불 때는 소리 자꾸 들렸다

정든 고향엔 슬픈 일만 있었길래
어드메 소식 없이 떠돌다
아부지 어무니, 우린 이제사 만날까요
하르르 불붙는 옷태 연기에
깨금나무 갈나무 타는 불꽃에

아기를 배듯
갓난이 얼굴은 새빨개지고
갓난이 눈동자 새말개지고

그렇게 그렇게 왔다는 아침이
무서웠다

하얀 눈길 위로
감쪽같은 발자국 하나 없어
가물대는 굴뚝 연기 하릴없이 쳐다보다
숭늉이라도 먹여 보낼걸
갓난이의 혼잣말이
알록달록 굴뚝새처럼 날아다녔다

별밥

우물로 내려와서 목욕하던 별들은
엄마가 바가지로 물을 퍼서 물동이에
담을 때, 달아나지도 않았다
그저 헤헤거렸다
엄마가 인 동이물에선 첨벙첨벙
별들이 물장구치는 소리가 들렸다
그러다가
살구나무쯤 와서는
슈슈우—슈슈 하늘로 다투어
날아갔다
그래서 엄마가 해놓은 아침밥엔
늘 별은 없고
노란 별가루만 섞여 있었다
별가루가 너무 많아 오래 씹어야
삼킬 수 있는 날도 있었는데
그때 나는 아직 어리고 무식해서
그걸 옥수수밥이라고 불렀다

四季

숙아, 꽃 같은 봄이다 네 애비 술주정이 서럽거든 토실한 된장국 좀 올려야겠다 고들빼기 캐러 가자 집 독골 쪽정밭이 그중 먼저 난댄다 종다래끼 내어라 호미를 잡아라 에헤야 여직 언 땅이면 양지를 찾아가고 뽀야니 박새가 그리우면 눈길 한번 주리라

화덕에 점심 감자 다 쪘거든 숙아, 공작산 입새머리 너럭바위 올라가자 널린 질금이 있으면 한쪽으로 쓸어 놓고 칡넝쿨 끌어내다 집을 짓고 한숨 자자 그래도 여름 해가 못 가겠다면 맥놓고 무덤가에 잔디라도 뜯자꾸나

붉은 단풍 앉은 고추잠자리 막 잠잔다 숙아, 달콤한 대추 고소한 밤맛도 마주 잊어버렸거든 에헤야 개골창에 내려 살찐 가재 잡아 병든 네 할배 끓여주자 오는 길 저물어 흰 갈대가 날리거든 저놈에 둥근 달이 그리 울고 있는 줄 알아라

에헤야 겨울바람이야 불어라 겨울바람이야 네 작은 몸뚱어리 베옷이 둘렀다 숙아, 우지 마라 네 할배 데려가는 황덕불에 집 잃은 거지나 맘 편해질 일이다아, 춤을 추는 불아 하늘까지 불어라 겨울바람아 차포 떼고 장기 두던 할배 바람아

파꽃

아! 파꽃이 피었습니다
어떻게 꽃은 저리 둥글고 씨앗마저 둥글까요
바람이 불자 푸른 대궁은 물고기처럼
하늘댑니다
우리에게도 파같이 푸른 날은 한철 있었습니다
거친 벌판 황사바람으로 내달리면 당신은
무서운 바다로 나를 빨아들였지요 환청과도 같이
시퍼렇게 일렁거리던 저 파꽃의 장마……
아, 파! 아파? 아파! 아, 파? 아아파! 아 파도,
참……
아! 하지만 우리 사랑은
농부의 손에 뽑힌 한 뿌리 파처럼
푸른 채 죽었습니다
아직 꽃 피우지 못한 파들은 시퍼런 칼날입니다
만 흰 뿌리 말라버린 사랑은 애기무덤 같을까요
오늘은 저리 둥근 파꽃 앞에 쪼그려 앉아서
봅니다
눈물 없이 우는 법을 배우는

아파꽃 밭의 가엾은 내 죽은 사랑을

| 해설 |

노래의 몸, 몸의 노래

권 혁 웅

태초에 노래가 있었다. 신이 흙으로 인간을 지은 후에 숨결을 불어넣자 사람은 걷고 뛰고 말하게 되었다. 우리 몸에 든 신의 숨결 가운데, 빠른 것은 심장의 고동이 되었고 느린 것은 허파의 호흡이 되었다. 숨탄것들의 이 숨결이 곧 음악이다. 인간은 음악을 통해 세계를 분절하고 의미화했다. 음악에서 박자는 세계를 분절하는 최소 단위이며, 마디는 의미가 거주하는 최소 단위이다. 가락에 말을 덧붙여 노래함으로써 인간은 세계를 창조했다. 노래는 그래서 세계관의 표현이기도 하다.

시는 바로 이 음악의 자식이다. 시는 처음부터 가락에 얹힌 말이었다. 말, 곧 의미를 품은 음운들의 연쇄는 가락을 따라가고 잡아끌고 혹은 그것과 엇갈리면서 음악을 이중화했다. 그래서 가사가 붙은 음악은 모두가 이중주라고

해야 한다. 시가 음악의 자식이었으므로 좋은 시는 제 안에 음악을 품고 있다. 하지만 이 말은 너무 쉬워서 오히려 잊혀진 진리가 되고 말았다. 누구나 시의 기원이 노래라는 것을 알고 있으나, 시를 읽는 누구도 시에 숨겨진 악보를 찾아 읊지는 않는다. 더욱이 시각 영상에 현저하게 경사된 최근 시들에서 청각 영상을 찾아내는 일은 점점 더 어려워졌다. 몇십 년 전만 해도 시인들은 노래에 기대어 단어를 골라내곤 했다. 소월이 그랬고 미당이 그랬고 목월이 그랬다. 그런데 최근의 시에서 노래를 찾아내기가 여간 어렵지 않다고들 한다. 언제부터 이런 단절이 생겼을까?

아마도 서양의 음악이 우리에게 일반화된 때부터가 아닐까 싶다. 서양의 음악은 고동에 기초해서 만들어졌고 동양의 음악은 호흡에 토대를 두고 지어졌다. 그래서 서양의 음악은 장단, 고저, 강약의 단위로 박자를 만들고 동양의 음악은 호흡의 지속성을 단위로 마디를 만든다. 기식(氣息)의 음악에서 박절(拍節)의 음악으로의 이행이 일반화되자, 세 마디 혹은 네 마디 형식을 가진 시가 설자리를 잃었다. 시는 더 잘게 토막 나고 더 자주 끊어지면서, 더 크게 팽창했다. 랩rap은 그런 음악의 극단적인 예일 것이다. 특정한 음운이 강박적으로 출현하면서 가장 빠르고 격렬한 음악이 만들어진 것이다.

서상영의 시는 호흡을 토대로 삼아서 만들어진 노래다.

그는 자주 소월과 미당과 혜산을 차운(次韻)하여 시를 지었다.

> 같일랑 가자 해서
> 동무했더니
>
> 이제는 너만 남거라
> 먼저 간다고
>
> 갔겠거니 생각하고
> 이렁저렁 살재도
>
> 바람 센 날은
> 보고파
>
> —「길」 전문

이른바 세 마디 7·5의 자수(字數) 형식이 행과 연을 적어가는 기본 형식임을 쉽게 확인할 수 있다. 소월과 미당에게서도 그렇지만, 이 형식에서는 세번째 마디가 다른 두 마디를 지탱하는 주춧돌이다. 세번째 마디에서 노래는 안정되거나 전환되거나 지속된다. 앞의 두 마디는 세번째 마디를 위한 서주(序奏)이다. 1～2연의 대조(동무하다/먼저 가다)와 3～4연의 대조(〔그냥〕 살다/보고프다)가 의미론적인 것이라면 1～2연의 비교(둘 다 5음절이다)와

3～4연의 대조(각각 7음절과 3음절이다)는 음운론적인 것이다. 길은 그렇게 나와 동행하거나 엇갈리면서 내 심사를 바람에 실어 보낸다. "이렁저렁 살재도"에서는 말이 촘촘하니 호흡이 빨라지고, "보고파"에서는 말이 성그니 호흡이 느려진다. "보고파"를 이루는 세 음절은 모두 장음이다. 받침이 없는데다 다른 마디에서 다섯 음절로 발음되어야 할 역할을 맡아 하기 때문이다. 반폐모음(半閉母音)인 '오'에서 개모음(開母音)인 '아'로 옮겨가는 이 변환은 가슴의 울먹임이 입 밖의 탄식으로 전환되는 것이자, 몸의 울림이 바람의 울림으로 전환되는 것이기도 하다.

진달래 산수유 꽃물 든 산을
지방천방 들뛰며 혼령을 깨워
사향노루 목을 따서 피를 마시고
꿈틀꿈틀 휘돌아 뭉쳐진 산이
벗어도 벗어도 몸을 감아와
양지에서 맥쩍게 술을 마시고

노루를 베고 누운 산 너머 하늘
헤헤롱 아지랑이 홍건한 姿色 구름
진달래 산수유 꽃물 든 꿈에
노루는 자꾸 울며 숨을 달래고

—「공무도하가—사냥」 부분

같은 방식으로 읽는다면, 이 시의 대상 역시 세번째 마디에 모여 있다. "꽃물 든 산, 혼령, 피, 뭉쳐진 산, 몸, 술, 하늘, 姿色 구름, 꿈, 숨"이 그것인데, 이것들은 몸의 안팎에서 몸을 들고 나는 호흡의 변체들이다. 다르게 말해서 이것들은 들숨과 날숨에 의해 가지런히 정렬된 몸의 변체들이다. '산'은 진달래의 붉은 빛과 산수유의 노란 빛(산수유 열매는 현기증이나 자궁 출혈, 월경 과다에 치료제로 쓴다. 그렇다면 산수유 역시 붉은 빛으로 볼 수도 있겠다)으로 들뜨거나 노루 피가 뭉쳐 이루어진 산이며, 몸의 굴곡이 몸 밖을 흘러 능선으로 펼쳐진 산이다. 그래서 산은 몸의 변체다. '하늘'에 펼쳐진 "姿色 구름"은 내가 마신 술과 피의 변체다. 그것들이 '꿈'과 '숨'을 따라 몸을 들고 난다. 그것들은 몸과 바깥의 경계를 지워, 몸을 아득한 경지('혼령')로 고양시킨다. 시의 뒷부분에서 나는 "마음이 달아" 온몸에서 털이 돋고 온 마음에서 불이 일어 온 산을 노루처럼, 아니 실제로 노루가 되어 뛰어다닌다. "산 너머 하늘 향해 네 발로 껑충— 아,/罪여! 罪여! 罪여!" 이 죄가 미당의 『화사집』에 나오는 그 신열(身熱)의 변환임은 불문가지(不問可知)이다.

그러니까 서상영의 시가 가진 세 마디, 네 마디 형식은 주체와 대상을 동일한 평면에서 교환하는 몸의 호흡을 구현하는 것이다. 그의 시는 머리의 노래가 아니라 몸의 노래이며, 노래의 머리가 아니라 노래의 몸이다. 이 노래에는 공동체의 기억이 아로새겨져 있다. 숨탄것들의 흔적이 몸에 있기 때문이다. 시인이 설화를 테마로 삼은 일련의 시편들을 지은 이유도 여기에 있을 것이다. 「兜率歌」「공무도하가」「헌화가」「처용가」'비며느리 전설' '만리향 전설' 등이 시의 저본을 이루는 텍스트가 되어주었다.

설화를 이야기로 취하는 시들은 대개 두 가지 길로 갔다. 설화에서 모티프만을 취하여 현실의 시공간으로 이식하거나(김춘수의 「처용단장」, 신석초의 「처용은 말한다」와 같은 시가 그렇다), 설화적 공간으로 들어가 현실의 시공간을 삭제하거나(미당의 『신라초』가 그렇다) 하는 길 말이다. 서상영의 시는 후자에 가깝지만, 조금 다르다. 여기 그 한 예가 있다.

개같이 사서요 꼬리쳐 앵겨붙고 엉덩이를 흔들어서 볼 고운 처녀 물오른 처자 홀리고 달래고 아흐레엔 아홉 밤 스무날에 스무 밤 작신작신 녹여서, 쌀강아지 사오듯 줄줄이 새끼라고 달고 오셔요 虎皮에 폭 파묻힌 백일홍에 환장해서 너를 버린다고 전해오셔요

새파랗게 선 그믐달 독으로 품고 가슴팍엔 동정인 단도를 품어

오뉴월 서릿발 맨발로 밟아 가서, 당신 잡아먹은 년이 되게 하셔요

허기진 솔개처럼 뱅뱅 돌기만 하는 박혁판에 사셔요 관솔불 그을음에 얼굴은 꺼멓게 삭고 불타는 눈가에 질질 개기름이 흘러내릴 때 바짝 마른 입술 시뻘겋게 뒤집어 제 이름을 잡히고 판돈일랑 빌리셔요

엽전처럼 떠다니며 이 품 저 품 살 때 묻히다 원한도 제풀에 꺾여버리면 뭎 돌아난 초막에 무심히 들어앉아

은붙이 내온 사내 씻나락 훔쳐온 사내 눈물로 콧물로 씻어주며 살게 하셔요

죄다 싫으면, 술이나 더 드시다 가셔요 왕을 불러 꾸짖고 신선 되어 鵬을 타는 醉夢일랑 아예 깨지 마셔요 釀造工 납작코한테는 저를 시켜, 돈 한푼 내지 않고 술 사가겠다고, 어깨 으쓱대며 시위하셔요 술맛도 지쳐 혀가 붓고 목이 타고 애가 끊어져버려도 남은 술 한잔 더 드시다가,

볕 좋은 가을 목화송이 터지듯 당신의 눈자위가 허옇게 돌아가면

되다 말다 하는 세상 아예 덮으면 그때, 그땐 가셔요

―「공무도하가―백수광부 처, 물로 들어가기 직전」 전문

먼저 「공무도하가」의 사연이 있다. 백수광부가 물에 빠져 죽었고, 남편의 뒤를 따라 그의 처가 물에 뛰어들었으며, 그것을 본 뱃사람 곽리자고가 노래를 지어 불렀다(본

래의 설화에 따르면 「공무도하가」는 곽리자고의 이야기를 전해들은 아내 여옥이 지어 부른 노래이다). 시인은 이 설화에서 각각의 인물을 따로 떼어 화자로 삼았다. 그들의 사연과 노래는 모두가 사랑 주변을 맴돈다. 백수광부는 마음의 불길을 이기지 못해 온 산을 뛰어다니다 물에 뛰어들었다(「공무도하가—사냥」). 그가 아내와의 사별을 감수한 것은 "사랑이 너무 격해/우리가 완전히 사랑할 수 없음을 알"았기 때문이다(「공무도하가—새벽길 떠나기 전」). 아내는 애끓는 노래로 그를 잡으려 들었고(「공무도하가—백수광부 처, 물로 들어가기 직전」) 곽리자고는 "또한 여자가/사랑을 잃고 몸을 던졌다는/애절한 노래"를 불렀다(「공무도하가, 곽리자고 頌—물로 들어가는 백수광부 처를 향해」). '사랑'으로 집약되는 이 노래의 씨앗은, 당연히 죽음 주변을 맴돌지 않고 사랑 주변을 맴돈다. 다시 말해서 이 시는 어떤 간절함, 죽음을 영원한 사랑의 형식으로 만들고자 하는 마음의 절실함을 목표로 한다.

인용한 시가 품은 네 마디들은 남편을 품으려는 아내의 긴 사설이다. 네 마디 형식은 세 마디와 달리 장형화(長形化)를 가능하게 하는 형식이다. 적어도 이 긴 사설이 진행되는 동안, 남편은 물에 뛰어드는 것을 멈추고 귀를 기울일 수밖에 없다. 『천일야화』의 이야기가 죽음을 유예하는 형식이었던 것처럼, 아내의 장광설도 임박한 죽음을 미루고 남편의 몸을 세상에 붙들어두려는 눈물겨운 노력의 일환인 셈이다. 아내는 다른 처자를 꼬여 자신을 버리거나 노름에 미쳐 자신을 돌보지 않거나 술에 취해 자신을 잊어도 좋으니, 조금 더 세상에 있어달라고 남편에게 간청한다. 아니, 그 모든 행위들로도 붙들어둘 수 없었던 남편의 투신이 그 불가능한 소망을 통해 역설적으로 드러났다고 보아도 좋다. 이미 사단이 났으니 말이다. 남편은 아내의 사설이 구현하는 모든 세속의 일을 거치고 거쳐서, 마침내 술에 취해 물로 뛰어들었다. 그래서 이 노래는 "그때, 그땐 가셔요"라는 이별로 끝을 맺는다. '그때'가 이미 지나갔음을, 그래서 이 사설이 사후적(事後的)인 것임을 자인할 수밖에 없기 때문이다.

하지만 이 사후성(事後性)이 서상영의 시를 현실로 되돌리는 지점이다. 미당이 현재와 절연한 자리에서 설화의 공간을 구축했다면, 이 시인의 설화는 이 사후성을 통해서 현실의 공간으로 돌아온다. 거기서는 죽음마저 사랑의 증거다, 이렇게.

> 끓는 속을 꺼내 놓으면 대장장이는 좋을까마는 각기 천근 자물쇠로 맘을 걸어 잠그고 서로가 자리를 내준다고 서러운 쌈판이 벌어졌는데 바람엔지 인편엔지 대뜸 총각이 하늘로 올라갔다는 소식이 왔다 하지, 그만 두 사람의 끓는 맘이 터져버려 우— 우— 서로 지가 사랑했다고 연못에 몸을 던졌다 하데 〔……〕

> 빛나는 갑옷이며 살찐 말을 팔아 생긴 엽전일랑 늙은 어매에게 부치고 휑하니 총각도 연못으로 소풍을 갔다 하네 슬픔이란 안고 살아가는 짐이지 먹고 죽는 음식이 아니라서 사람들은 또 그럭저럭 살아가는데 연못가 등나무 곁에 작은 팽나무 하나가 살뜰히도 자라나니 두 등나무가 달겨들어 치렁치렁 껴안고 희멀건 배때기에 꽃송아릴 터뜨리니 그럭저럭 살아가던 사람들도 연못을 지날 때면 괜히 콧날이 팽 돌고 가끔은 하늘로 올라간 사람들도 잘 살른지 그게 궁금하기도 하더라
>
> —「만년향의 사랑」 부분

한 총각을 사랑한 두 자매가 있었다. 전장에 나간 총각이 죽었다는 풍문이 떠돌자 두 자매가 다투어 연못에 몸을 던졌다. 돌아온 총각 역시 그 뒤를 따랐으니 이 사연이 「공무도하가」의 다른 판본임을 알겠다. 팽나무를 감싸 안고 오르는 두 그루 등나무는 이 설화의 사실성을 보증하는 장치이다. 어디서나 다른 나무를 휘감아 오르는 등나무가 있는 곳이면 이들의 사랑이 그 형상으로 여전하다는 증거가 되어줄 것이다.

물론 이 이야기가 설화의 장치에만 기대어 있으며, 그래서 여기서 현실과의 연계를 찾아보기 어렵다는 비판이 있을 수 있다. 시인이 올라탄 설화라는 타임머신이 현실로 돌아온다는 보증이 과연 있는가? 물론 있다. 지금까지

말한 사랑의 테마가 그렇다. 내 몸에 이렇게 그득히 흘러 넘치는, 그래서 넘치게 흘러나오는 사랑이 현재적인 게 아니라면 무엇이 현재적이겠는가? 그 다음에 유년이 그렇다. 어린 시절, 가족들, 첫사랑과 같은 원체험은 세상이 내 몸에 남긴 최초의 기록이다. 그것은 설화의 시공간처럼 아득하고 아늑하지만, 거기서 최초의 노래가 흘러나왔다. 이 시집의 제3부에 주로 실려 있는 시인의 옛이야기 가운데 하나를 잠깐 엿듣기로 하자.

> 어둠 속으로 동네가 기울면 하늘엔 면도날처럼 새파란 그믐달이 떴다 친구들과 헤어져 집으로 돌아오다 땀에 절은 얼굴을 부비면 따끔따끔 살갗이 시려왔다 어둠 속에서 길은 더욱 새까맣게 빛났다 누나 왜 밥상을 차리지 않는 거지 도둑같이 낯설게 방문을 닫으며 내가 물었다 아버지가 돌아오시거든 같이 먹자 누이는 불을 향해 앉아서 감기에 걸린 듯 연신 일부러 재채기를 해댔다 또 저녁은 굶겠구나 아버지의 술주정은 오늘도 거짓말을 안 하겠지 아직 돌아오지 않는 아버지의 발자국 소리를 비틀비틀 들으며 손톱으로 바람벽을 긁으면 고소한 흙 냄새가 묻어났다 너도 그렇게 놀지만 말고 숙이처럼 논두렁에 가 달롱을 캐지 그래도 난 남잔데…… 누나 지금이 봄이야 봄이 아니야 봄이 온 거나 마찬가지지 개울가로 나가면 뼈가 시린 물을 먹으며 풀들이 파릇파릇했다 그 바지는 두 번이나 꿰맸는데 또 꿰매 그래도

꿰맨 흔적도 없이 새거잖니 누나가 희미하게 웃었다 등잔 불빛에 그림자가 흔들리며 구겨져버렸다 근데 있잖아 난 차라리 집에 있을래 아버지의 술주정보담 이웃집 아줌마의 그 묘한 눈빛과 불에 비칠 때 낀 발등이 창피하니까 아야! 누이의 비명 소리에 방 전체가 떠올랐으나 이내 가라앉아버렸다 손가락 끝에 맺힌 대추 빛깔의 피를 누이는 재빨리 입술로 빨았다 아니야 아버지는 술에 취해 오시지는 않을 거란다 수제비보다도 푸석푸석한 누이의 말을 들으며 나는 미리부터 울고 싶어져서 가랑이에 얼굴을 묻었다 왜 아버지의 술주정은 겪어도 겪어도 낯설기만 한 걸까 까무룩한 잠에 빠져들다 쥐 소리에 놀라 눈을 떠도 누이는 수도승같이 앉아서 나의 꿈길을 쓸어주고 있었다

—「추운 따스함 속을 걸어봄 1—꽃샘추위」 전문

이 연작의 주된 주인공은 '누이'다. 혹자는 부엌에서 불을 쬐고 음식을 만드는 누이의 모습에서 조왕신을 볼 수도 있을 것이고, 혹자는 시에 등장하지 않은 어머니를 대신하는 대리모를 볼 수도 있을 것이다. 그러나 무엇보다도 누이는 '현실의 누이'다. "수제비보다도 푸석푸석한 누이"와 같은 절묘한 표현에서, 누대(累代)의 가난이 읽힌다. "누난 좋겠다 학교를 다 다녀서 〔……〕 그런 소리 마 누나처럼 국민학교만 나오면 어디 가 써주지도 않아"(「추운 따스함 속을 걸어봄 2—시간 밖에서」). "누이 손에선 아버

지의 매에 견디다 못해 도망간 작은형이 사온 뭉툭한 라디오가 이쁜 웃음소리를 냈고 〔……〕 형은 또 도망을 갔다 작은 성은 언제 올까"(「추운 따스함 속을 걸어봄 3—뭉게구름」). 아버지만 없었다면 이 오누이들이 설화적인 맥락에서만 읽혔을지도 모른다. 아버지는 아주 오래전의 기억에서부터, 나와 누이와 형에게 틈입한 현실의 기율이었다. 교육받지 못한 누이와 도망간 형, 늘 술에 취해 아이들에게 매질을 하던 아버지는 설화 속의 가계가 아니라 현실의 가계를 이루는 구성원이다. 그러나, 바로 그 때문에, 나의 꿈길은 늘 누이 쪽으로 나 있다. 그것은 제목 그대로 춥고도 따뜻한 한때다.

사랑이 노래의 몸이 갖는 간절한 상태라면, 유년은 몸의 노래가 흘러나오는 특별한 시점이다(이 시기는 특별히 강원도 지역의 방언으로 육화되어 있다). 이 둘이 결합한 자리에 공동체의 소망을 육화하는 아름다운 풍경이 있다. 시인이 소망하는 소박하고 아름다운 유토피아가 여기에 있다.

그곳에는 이미 내가 만났던 사람이 모두 와 있었다
놀부, 뺑덕어멈, 팥쥐, 그루센카, 카르멘
그들은 그저 헐렁한 옷을 입고 열심히 일했다 〔……〕
쟁기는 소가 끌었는데, 키우던 소가 늙어 죽으면
주인은 삼일장을 지냈다 그래서인지

소와 주인의 눈망울은 유난히 닮아 있었다 〔……〕
곡식은 들판 가운데 지어진 지붕이 넓고 벽이 없는 헛간에 쌓아 놓았다
누구든 가져가게 하기 위해서였다
배고픈 짐승들도 가져갔다 〔……〕
저녁이면 사람들은 각자 명상에 잠기었고
더러는, 지상에 씌어진 슬픈 이야기들을 아름답게 고쳐 썼다
밤이 조금 깊으면 모두 잠을 잤다
섬조차 사람들과 함께 잤다
노동과 명상 이외엔 도대체 무어 귀한 것이 없었던
섬 ―「목련꽃」 부분

양식은 푸석한 흙 속에서 찾아지고
氣槪는 산을 오르며 내리며 배우니
책들은 불쏘시개로 사용되었다

산 너머에서 쇳소리가 들려올 때면
사람들은 싱긋 웃고는
낮엔 들로 나갔고 밤엔 잠을 잤다
아이들은 자꾸 태어났다 ―「고향 길」 부분

괄시받고 천대받았지만 삶의 의욕은 누구보다도 충만했

던 이들이 그곳의 주인이다. 더 갖고 덜 가진 자가 없는 세상, 아니 짐승마저 사람과 먹을 것을 나누는 세상이 있다. 마르크스가 꿈꾸었던 바로 그 노동과 명상으로 충만한 삶, 책이 아니라 일터에서 배우는 삶이 여기에 있다. 이 삶에 대한 꿈은 소박한 그만큼 실제적이고 실현 가능한 꿈일 것이다. 우리가 거기에서 행복을 찾아내기만 한다면 말이다.

시인의 시가 옛 노래의 형식을 받아들인 이유가 이때문일 것이다. 시인은 단자화된 개인의 노래가 아닌 우리 모두의 노래에서, 그것도 자신의 삶과 공동체의 삶을 관통하는 노래에서 그것을 찾았다. 머리의 노래가 아닌 몸의 노래라는 점에 서상영의 시가 가진 특별함이 있다. 이 미분화(微分化)된 시대에, 그 노래는 불려지는 것만으로도 충분히 아름답고 현실적이다. 나도 거기에 삶을 의탁하고 거기서 삶을 마감하고 싶다. 이렇게 말이다. "가을 끝이 오면 어른의 어른들은/미련도 없이/흙에다 자신들의 몸을 묻었다"(「고향 길」). 부언하자면, 이 구절의 '미련'은 여한(餘恨)이나 유감(遺憾)의 동의어다. ▨